怪談供養

晦日がたり

エブリスタ　編

房文庫

カバーイラスト　ねこ助

怪談供養

晦日がたり

目次

7 顔のないこけし 相沢泉見
18 水を見に行く ラグト
22 川へ土器拾いに 閼伽井尻
25 もうちょっとだったのに 野月よひら
35 胎動 閼伽井尻
39 人気のない好物件 黒谷丹鵺
53 廊下 ありす
56 夢の少年 無i
62 あの夜のドライブ 雪鳴月彦
71 もしもしごっこ 駒木
74 黒い家 砂たこ
90 梅干し 雪鳴月彦
92 後部座席 yoga
103 居酒屋 東堂薫
108 蓄音機の家 雑物堂
118 おしらせさん こにし桂奈

135 父の愛した着物 ラグト
140 美容室 ありす
148 御蔵様の木桶 緒方あきら
151 あるべき場所に 松本エムザ
154 ロッキン・グランパ 松本エムザ
157 かえれない 閼伽井尻
160 よそ者 松本エムザ
163 雄島 三石メガネ
166 異界迷宮 夢野津宮
168 大鳥居 夢野津宮
171 猫ぎらい 松本エムザ
174 猫屋敷 松本エムザ
177 R．I．P 松本エムザ
180 一緒にいた子供 雪鳴月彦
183 ゆきだるまいたよ 松本エムザ
186 何かが山から 松本エムザ
189 天狗の山の神隠し 夢野津宮
193 首護る者 松本エムザ
196 夢の遊戯室 ラグト
200 とりかえ長男 閼伽井尻
203 Sちゃんのママ 三石メガネ
206 私じゃない ラグト
210 黒いドレッサー 真山おーすけ

※本書は、小説投稿サイト〈エブリスタ〉が主催する「最恐怪談コンテスト」より、優秀だった作品を中心に編集し、一冊に纏めたものです。

顔のないこけし

相沢泉見

数年前の夏の話です。

今はＯＬをしている私ですが、当時は大学三年生で、映画サークルに入っていました。

サークルでは毎年夏に映画を一本撮ることになっていて、その夏も例年通り撮影の予定が組まれました。

百人近いサークルメンバーが四つに分かれて、それぞれ一本ずつ映画を作ります。私が所属していたのはホラー映画のチームです。全部で二十人ほどで、男女比は半々だったと思います。

私は小道具の担当でした。監督は四年生の男の先輩で、脚本も彼です。

はっきり言って、かなり面白い脚本でした。一読しただけで背筋が震えあがるほど怖い話です。

古いお寺に悪霊が出るというストーリーで、撮影の殆どをあるお寺ですることになりました。大学のある都心部からはかなり離れた、山奥の古刹《こさつ》です。

本当はもう少し近い場所が良かったのですが、撮影を許可してくれるお寺がなかなか見つかりませんでした。霊を鎮めるのがお寺の役目です。そのお寺に悪霊が出る映画となると、そうそう許可するわけにはいかなかったのでしょう。

しかし、粘り強い交渉の甲斐あって、ようやくあるお寺から撮影の許可が出ました。夏休みに入り、私たちはそこで合宿しながら撮影を進めることにしました。

住職さまは優しそうな顔をしたおじいさんで、私たちにとても良くしてくれました。撮影に一週間ほどかかると言うと、「それならここで寝泊まりすればいい」と、本堂の一部を解放してくれたのです。しかも、住職さまの奥さんが食事まで出してくれました。

こうして、私たちの撮影は始まりました。

撮影はほぼ順調に進んだと思います。三日目には外で行われる撮影が終わり、あとは室内の撮影を残すのみとなりました。

その三日目の夕方、私は夜から始まる撮影のために、室内に小道具を設置していました。場所は本堂の脇にある離れで、住職さまからは「片付けさえしっかりしてくれれば好きに使っていい」と言われていました。

一緒に作業をしていたのは、Mさんという女の先輩と、Kさんという男の先輩です。自分の持ち場を早々に仕上げた私は、手伝うことはないかと周りを見回しました。すると、背後でK先輩がせっせと何かを並べています。先輩の耳には、黒い筆ペンが挟んでありました。

K先輩が並べていたのは『こけし』でした。全部で十体ほどあり、大きさはそれぞれ二十センチから三十センチくらいです。

K先輩は、私の視線に気付くと、一体のこけしを持ったままニヤッと笑いました。

「このこけし、もともとこの部屋にいくつかあったんだ。ズラッと並んでたらちょっと不気味だろ？　寺の中を見て回ったらさらに何体か見つけたから、ここに置いてみた」

すると、横からM先輩が心配そうに口を挟んできました。

「勝手にお寺の中のものを動かしていいの？」

「あとで戻しておけば問題ないだろ。それにこのこけし、ゴミ置き場みたいな場所に転がってたんだぜ？」

K先輩はこけしを握りしめたままへらへらと笑っていました。

先輩の手の中にあるこけしは、他のこけしとどこか違って見えました。何となく、表情が生々しい気がするのです。

さらに凝視していると、奇妙なことに気がつきました。

「そのこけし、Yちゃんに似てない……？」

おずおずと口を開いたのはM先輩でした。先輩も、私と同じことに気がついたようです。

Yちゃんは一年生の女子で、私たちと同じホラー映画のチームにいます。一年生ながら主演を務めていました。顔立ちが良く演技も上手いので、サークルの中でも人気のある子です。

K先輩が持っているこけしの顔は、何故かそのYちゃんにそっくりでした。どこがどう似ているか説明するのは難しいのですが、見れば見るほどYちゃんそっくりに思えてくるのです。

「あー、そう言われれば似てるかもな。ま、それならそれで面白いだろ」

K先輩は手にしていたこけしを並べて、満足そうに頷きました。

私は何となくそのこけしのことが引っかかっていましたが、撮影が始まると忙しくなって、すぐに忘れてしまいました。

再びこけしのことを思い出したのは、随分あとのことです。

住職さまは私たちの寝泊まり用に、二つの部屋を用意してくれました。男女で分かれて雑魚寝です。

その日は撮影が夜の十時過ぎまであったので、布団に入ったのは夜中。みんな疲れていたのか、早々に寝息が聞こえてきました。

しかし、私はなかなか寝付けませんでした。

何度か寝返りを打っていましたが、物音を立ててしまうと隣で寝ている人に迷惑かなと思い、部屋の外へ出ることにしました。

懐中電灯代わりに携帯電話だけを持ち、私は本堂の中を歩き回りました。やがてそれも飽きて、靴を履いて外に出ました。

月が無く、暗い夜でした。本堂のすぐ横には、撮影で使った離れがあります。さらに目を凝らすと、その奥にもう一つ、小屋のようなものが見えました。

近づいてみると、かなり古い建物でした。木造の平屋建てで、体育倉庫くらいの大きさです。

入り口は引き戸になっていて、それが半分ほど開いていました。私はそっと中を覗いてみました。

小屋の中には、何かがごちゃごちゃと置いてありました。雑然としていて、倉庫かゴミ置き場のように見えます。暗くて、置いてあるものが何なのかは分かりません。私は思い切って上半身だけを小屋の中に入れて、様子を窺うことにしました。

携帯電話の光を奥に向けた時……息を呑みました。

そこにあったのは、こけし、こけし、こけし……。

ただのこけしではありません。置いてあるこけしは皆、『顔がない』のです。顔のないこけしが暗闇の中でずらりと並ぶ光景に、私は何だか気味が悪くなって一歩後ずさりをしました。

「どうされました……？」

その時、背後から突然声を掛けられました。

「大丈夫ですかな、お嬢さん」

振り向くと、そこにいたのは住職さまでした。優しそうな顔を見て、私は少しホッとしました。

「眠れなかったので、ちょっと外を歩いていました」

正直に言うと、住職さまは笑みを浮かべました。しかし私の背後を見て、少しだけ顔を曇らせました。

「そのこけし、見てしまいましたか……」

住職さまは私のすぐ横まで歩いてきて、小屋の戸をぴしゃりと閉めてしまいました。

それから、ゆっくりと話し出しました。

「この小屋は昔、ある工人《こうじん》……こけし職人のことを工人と呼ぶんですがね、その工人の作業場だった。木を削って顔を描くところまで一人でこなす、腕のいい男でした」

住職さまの顔はどこか寂しそうです。私は話を聞くことにしました。

「ところがその男は、しだいにこけしが作れなくなってしまったのです。特に、顔が描けないと悩んでいた。三年もの間何も作れず、男は弱り切ってしまいました。男の家族は随分と心配しとったものです」

「三年も、ですか……」

私がそう言うと、住職さまは頷きました。

「そうです。三年もの間、何も作れなかった。……しかしある日、男はまたこけしを作り始めたんですよ。『自分で顔が描けないなら、親しい者の顔を写せばいい』と気付いたそうでなぁ。男は、できたこけしを儂《わし》に見せてくれました。そのこけしは、男の妻に似ておった。再びこけしが作れるようになって良かったと儂は思った。……それが、間違いだった」

住職さまは、私の顔をまっすぐ見つめました。何かに怯えているような、険しい表情が浮かんでいます。

「人の顔は『魂』そのもの。生きている者の顔をこけしに写せば、その魂はこけしに取られてしまう。……ほどなくして、男の妻は亡くなった。儂は男に『もうこれ以上、こけしに人の顔を描くのはやめろ』と言ったが、男はやめなかった。『何度描いても、誰かに似てしまう』と言う。今思えば、あの時すでに何かに取り憑かれていたのかもしれんなぁ……。男は、自分の娘や息子、親しい者にそっくりなこけしを作り続けた。……こけしに顔を描かれた者は、皆、死んだよ」

身近な人にそっくりのこけし。狭い小屋の中で一心不乱にこけしと向かい合う、一人の男。私はその光景を思い描いて、身震いしました。

「男が残した作りかけのこけしが、その小屋の中にある」

住職さまの言葉に嫌な予感がして、私は尋ねました。

「残した……？　その男の人は、どうなったんですか？」

住職さまは、静かに言いました。

「死んでしまったよ。……最後に自分の顔を、こけしに描き入れてな」

この話を聞いた次の日、私たちの映画は撮影中止になってしまいました。

大道具が突然倒れてきて、主演のYちゃんが巻き込まれ、亡くなってしまったのです。

撮影中だった映画は没になり、やがてサークル自体も解散になりました。落ち着いたのは、Yちゃんの四十九日の法要が過ぎたころでしょうか。

その時になってようやく、私はK先輩が持っていたこけしのことを思い出しました。あのこけしは、不気味なほどYちゃんに似ていました。K先輩は『ゴミ置き場みたいな場所に転がってた』と言っていたはずです。

もしかして、K先輩はあの小屋で、顔のないこけしを見つけたのではないでしょうか。そして、それに自分で顔を描き込んだのではないでしょうか。耳に挟んでいた、黒い筆ペンで……。

昔、一人の工人が作った顔のないこけし。

K先輩は、そこに『描いてしまった』のかもしれません。何者かに操られるように……Yちゃんの顔を。

そんなことを思いましたが、本当のところは分かりません。今となってはもう、確認のしようがないのです。

K先輩は、Yちゃんと付き合っていました。

恋人を亡くしたK先輩は、彼女のあとを追うように、自ら命を絶ってしまったのです。

水を見に行く

ラグト

「ちょっと田んぼの水見てくるわ」

その日は台風接近で小学校が休みになったため、私は同級生の家に遊びに来ていました。

雨が強くなる前に帰ろうとしていたその時、同級生のおじいさんが外に出て行こうとするのを他の家族が呆れたように引き留めていました。

どれだけ説得しても聞き入れないため、結局私を自宅に送っていくついでにということで折り合いが付いたようでした。

「皆、米なんて買ったほうが安いだろうとか言うが、そういうことじゃないんだ」

玄関に向かう際、おじいさんは不満を口にしていました。

「田んぼは村の治水にも役立っている、川の堤防を作るのに犠牲になった人もいる、水を見に行くというのはこの村の安全を見に行くのと同じなんだ」

おじいさんの言葉にはその信念に基づく強い想いが感じ取れました。

しかし、電話のある棚から古ぼけた連絡簿を取り出しておじいさんが確認しているとき、その言葉は漏れ出ました。

「……今回もにえなみが見えなければいいが」

にえなみ、何のことでしょう、煮、似、南、波、頭の中で反復してみましたが、どうにもうまく意味の通る字をあてることが出来ません。

何か気持ち悪い感覚を残しながらもその時はそれで考えるのを止めました。

その日の夕方、台風の影響で村を流れる川の堤防が崩れて川の水が溢れだしました。

決壊した堤防近くの家々が床下浸水しましたが、幸い死者は出ませんでした。

しかし、数日後崩れた堤防から一番近い家で葬式が出ました。

その数日後、葬式が出た家の隣の家で葬式が出ました。また数日後、その隣の家で……。

まるで水が溢れた川から不吉な何かが家々を巡っているようだと村の中で密かに囁かれるようになりました。

そして、あの同級生の家も浸水した地域にあったのですが、彼とその家族は水が溢れる前に避難して親戚のところにいるということで学校には来ていませんでした。

近所の人の話によると奇妙なことに家具などのまだ使える荷物を台風から数日後に引っ越し業者が取りに来たそうです。彼は携帯電話を持っていませんでしたし、引越先の電話番号などもわからず連絡手段がありません。

不安に思った私は浸水した地域のことを調べてみました。すると同じように台風の日に出て行った一家がいました。その家の名前は私の記憶に残っていました。

同級生のおじいさんが手にしていたあの連絡簿に記されていた名前の一つ……。

あのおじいさんはいったい何を見に行っていたんでしょう?

川へ土器拾いに

閼伽井尻

川へ土器拾いに行こうと誘われたことがある。

とある三つの大きな川が合流する地帯では、雨が降って水嵩が増すたびに岸が削られ、古い土層に含まれた土器類が延々続々と露出しているのだという。一帯は「××川河床遺跡」として発掘調査がおこなわれ、弥生時代から近世近代まで幅広い時代の出土品が報告されている。土器片は水にさらされて摩滅しているかと思いきや、土層から露わになった直後のものは保存状態が良く、運が良ければ完形品に出会えるのだという。八幡宮への参道となっている橋の下が絶好のポイントらしい。

考古学ゼミの面々が集まり、次の雨降りの翌日にと約束していたが、体調を崩してしまい当日になって断りを入れた。後日収獲品をひとつ分けてもらった。彩色が表面にわずかに残る伏見人形だった。

大学卒業から随分経って、伏見人形をくれた男と居酒屋で会った。あの土人形まだ持っているよと言うと、そういえば……と私の知らない話をはじめた。

あの日、河川敷でめいめい足を川に浸して土器を探していると、橋の上から男に声をかけられた。逆光になって顔は見えない。還暦前後くらいの声だと感じる。

「Ｙくんは？」

気さくな調子で今日欠席したメンバー(私である)の名を呼ぶ。知り合いだろうか？

「今日は来ません」

とっさに答えると、逆光の男は笑いを含んだ声で「次は来るよ」と言い身を引いた。妙な感じはしたものの、土器拾いに意識が向いていて深く考えなかった。いくつか拾った伏見人形をひとつＹへの土産にしようと、ぼんやり思った程度だった。

以降ゼミのメンバーで川へ土器拾いに行くことはなかった。直後の大型台風で河岸が大きく崩壊し、堤防を通りがかった老人が転落死したのをきっかけに、足が遠のいたのだった。死んだ老人の名はＹ。私の祖父である。

そこまで語ると伏見人形の男は押し黙り、泡の消えたビールを飲み干した。男が黙ったままなので、隣のテーブルの会話が耳に流れ込む。

「Yくんは？」

「今日は来るよ」

チラリと様子をうかがうと、見知らぬ男二人がこちらを凝視しており、痛いほど目が合った。


帰宅後あの伏見人形を探し出し、近くのどぶ川へ捨てた。彩色の剥げ具合が、厭な笑顔になっていたからだ。

もうちょっとだったのに

野月よひら

引っ越したばかりで土地勘もなく、ただひたすら不動産屋に教えてもらった道を行き来し、家から駅へと通う毎日でした。

家までは徒歩三十分。多少は歩きますが、大きな通り沿いなのでそれほど迷うこともなく、多少の夜道でも人通りもあったので、それほど不便を覚えることもありませんでした。


ひと月ほど経った頃でしょうか。

その日はたまたま遅くまで仕事が入り、住まいを変えてから初めての終電での帰宅となりました。

元々ベッドタウンだからでしょうか、普段よりも閑散とした駅はどこか物寂しく、心細いような感覚を覚えたものです。

さすがに今から三十分を歩く元気もなく、タクシーを使うほどの懐の余裕もなかったものですから、目に留まった深夜バスに乗ってみることにしました。

普段乗らない深夜バス。乗客は私だけ。しんとした車内に車のエンジン音だけが響いています。

時間になったのでしょう、運転手は私を見ることもなく、機械的に扉を閉めました。

発車。

車内は空調も整っている。

疲れもあったのでしょう。うとうとと眠りかけては、乗り過ごしてはいけないとはっと目を覚ます、を繰り返しておりました。

ふと気づくと、車内に乗客が増えておりました。私の二つ先のシートに腰掛け、背筋をピンとのばしている。いつのまに乗り込んできたのでしょうか。それとも、気づかないくらいに深く、眠りに落ちていた瞬間があったのでしょうか。

まだ若い男性のようでした。

きっちりと背広を着込んでいるその背中に老いを感じるものはなく、短く刈り込んだ頭髪の手入れも行き届いている。しっかりと前を見据えているような姿に、ほほえましさを感じました。もしかしたら新卒なのかもしれません、こんな遅くまでご苦労なこと。

そんなことを考えていたときのことでした。

声が、聞こえる。

はじめは気のせいかと思いました。バスの振動にあわせて、小さく声が聞こえるのです。

六十八、六十七、六十六……。

ぽそぽそとした声。
前の男性が、なにやら呟いていたようでした。

五十九、五十八、五十七……。

はて、と私は首を傾げました。
どうやら男性は、数を数えているようです。それも逆から、ひとつずつ減っていく。

四十二、四十一、四十……。

不意に男性の肩が小刻みに揺れました。

——もうちょっとだよ。

鼻にかかるような、甘い声。小さな子供に話しかけているようなささやき。くすくすと笑いがこぼれている。

三十九、三十八、三十七……。

決して空調のせいだけではない冷ややかな感覚が、私の背筋をすうと下りていく。

三十六、三十五、三十四……。

ひとつずつ、数が減っていきます。

体の芯が、少しずつ冷えていく。
もし、このカウントがゼロになったら。
いったいなにが……。

意を決して、降車ボタンを押しました。

車内に鳴り響く停車ボタンの音。運転手のやる気のないアナウンス。やけにあっさりと、吸い込まれるようにバスは停留所に止まりました。

私は——少々恥ずかしくなりました。

なにをあれほど怖がっていたのでしょう。ただ独り言を言っていたであろう男性に、無意味におびえてしまって、ばからしい。

おそらく、空気に飲まれていたのでしょう。深夜のバスに二人きり、というこの状況が、どこか非現実的なものであったから。

止めてしまったのなら仕方がありません。

私は仕方なく席を立ち、出口に向かい……そのすれ違いざまに、くい、と引かれたのです。

一瞬、なにが起こったのかわかりませんでした。

何か、座席に引っかかったのだろうか。

振り返った私の目に飛び込んできたのは——。

指、でした。
私のシャツの裾を、骨ばった指がしっかりと握り込んでいる。
その指に付着している……。

赤黒い、なにか。

喉元からせり上がる悲鳴を飲み込んで、私はその指を振り払いました。
そのまま目が、あった。
目が、歪んだ。
三日月のように。歪んで――。

「もうちょっとだったのに」

バスのテールライトを見送りながら、私は安堵の息を吐きました。
あのままバスに乗っていたら、カウントがゼロになってしまったら、私はどうなっていたのだろう。

ぽつぽつ灯る街灯。静かな住宅街。いつもどおりで、いつもよりも、ほんの少し静かな道。確かめるように歩きながら、自分が冷静になっていくのを感じました。
私は途中で下車できたからいいものの、あの運転手は大丈夫だろうか。
あの男性は、明らかに普通じゃない。指に付着していた赤黒い色。薄暗いバスの車内で、ぬらりと光を弾いていた。運転手は仕事中で、逃げることもできやしない……。

だんだんと早足になる。

確かこの先に、駐在所があったはず。そこで話そう、今見たことを。何かあってからじゃ遅すぎる。この道の先の、あの角を曲がって。

光が見えた。

急がなくては。もしかしたら、もう手遅れかもしれない……。

飛び込むようにして駐在所に駆け込んだ私を見て、おまわりさんたちは驚いたように立ち上がりました。

「どうしました⁉」

私は息を整える間もなく、先ほどのことを話しました。

深夜バスに乗ったこと。

男が突然数を数え始めたこと。

赤黒い指のこと。

そして今、バスの運転手と、その男が二人きりなこと……。

ひと通り話し終わると、皆しきりに首をひねっています。

「おかしいですね」

おまわりさんが、ぽつりと呟きました。

「そもそもこの辺りには、深夜バスなんてないんですよ」

胎動

閼伽井尻

里井さんの妻が身重だったときのこと。

「あ。いま動いた」

「えっ、ほんと？」

里井さんは緊張と照れくささをないまぜにしつつ、妻のふくらみかけたお腹に掌をあててみるが、妻の呼吸あるいは鼓動の余波しか感じられない。

「まだ、外からはわからないかもね」

と妻は笑った。

そのささやかさを例えて「ぽこぽこ、泡《あぶく》がはじけてるみたい」とも言った。

しだいにいかにも妊婦然とした体型に変化した妻は、その身の重苦しさに表情を歪め、辛さを夫に言い募るようになった。ささやかだった胎動は、いまや妻のあらゆる臓物や骨格を蹴散らかすほど強いものになり、体のあちこちが痛むのだという。どれどれと里井さんは都度お腹に手をやってみるが、どうもタイミングが悪いらしく、なかなか我が子の動きを感じることができない。

やがて妻は胎動が気になって夜も眠れないと嘆きはじめた。ウトウトしているときに暴れられると、すっかり眠気が失せてしまうらしい。ひととおり暴動がおさまった後も、次の急襲がおそろしく寝付くどころではない。

切々と訴える妻に里井さんはなにもしてやることはできなかった。

とはいえ妻は徐々に慣れてきたようで、短く浅いながらも眠れるようになったらしい。

ときおり夜半に里井さんが目を覚ますと、こちらに背を向けて寝息をたてている妻に気が付く。大きくなったお腹の重みに耐えかねて仰向けの姿勢がとれなくなったという妻は、しばらく前から隣の里井さんに背を向けるかたちで横になるのが定番になっていた。

貴重な眠りを妨げないよう、背後からそっと妻のお腹に手を添える。

すると、掌にグイッと強い打撃がある。

続いて震えるような細かな動き。

変わらず妻は寝息をたてており、眠りは深いようだ。母体が眠っていても、我が子はそれとは関係無しにふるまっているのだ。そのことに里井さんは、感心とも戦慄ともわからぬ衝撃をおぼえたという。

ある夜、ベッドが揺れる振動で里井さんは目を覚ました。地震のそれではない。隣で寝ている妻から振動が伝わってくる。

見ると、背を向けて眠る妻の体が豆灯の弱いあかりのもと、ゆさゆさ動いている。

胎動が妻ばかりか、ベッドさえ揺らすのか。我が子ながら胎児の力強さにほとんど呆れつつ、里井さんはいつものように妻のお腹に手をやった。

と、その手にかぶさるように里井さんの背後から別の手がそっと重なった。

そして里井さんを、妻を、激しく揺さぶりだした。

人肌の熱と厚みをそなえた成人男性とおぼしき手だったという。

このことを里井さんはまだ妻に話していない。

人気のない好物件

黒谷丹鵺

そのマンションに入居したのは部屋の広さと家賃が魅力だったからだ。

「リノベーションしたばっかりですからね、住み心地は新築と変わりありませんよ」

案内してくれた不動産屋が言うには、一旦すべて空室にして大規模な改修をおこなったので、水回りや騒音問題に悩まされる心配もないとか。管理人室には常駐の管理人が住みこんでいて、セキュリティもしっかりしているらしい。

「まだ五部屋しか埋まってませんが、これだけの条件ならまもなく満室になるでしょう」

新規に入居者を募集してからまもなく半年というのに、現在住んでいるのがたった五世帯というのは少し不思議な気もした。

立地は申し分なく、これだけの好条件なのに、リノベーションする前の住人は戻って来ないのだろうか。

白い外壁がいくらかくすんでいるようにも見えたが、天気か何かのかげんだろう。


引越した日、俺は階下の住人にあいさつに行った。

「上に入居した長谷川といいます。よろしくお願いします」

ドアを開けたのは初老の男性だった。

「うちは病気の家内がいて寝たきりなので、なるべくならお静かに頼みますよ」

にこりともしない態度は、あまりいい感じがしなかったが、とくに付き合いが生まれるとも思わなかったのでスルーすることにした。


数日後、帰宅すると俺の部屋の玄関ドアにメモが貼ってあった。

『深夜にごとごと歩き回るのはやめてください』

「なんだこりゃ」

思わず声が出た。

深夜に部屋を歩き回るなんて、したことがない。

俺は寝つきが良い方で、一旦寝ると朝まで起きないのだ。

だいたい、趣味の音楽鑑賞でさえ、階下を気遣ってヘッドフォンで我慢しているのに、そんな変な物音なんかたてるはずがないではないか。

何か勘違いしているんだと思って放っておくことにした。

だが、しばらくたつと、またドアに貼り紙がしてある。


『いいかげんにしろ！　やかましくて眠れません！』

さすがにムッとしたので、その足で階下へ行ってチャイムを押した。


「あの、深夜の音のことなんですが」

「あんたね、毎晩毎晩いったい何やってるんですか？　ごとごと一晩中うるさくて眠れやしない」

男性は険のある顔をしていた。

「違うんです。それ、俺じゃないです」

「あんたじゃなければ誰だっていうんです？　そちらの階に住んでるのはお宅だけなのに」

「でも、俺だって仕事があるから夜は寝てますよ？」

なんとか話を聞き出したところ、深夜零時を過ぎるとごとごといいはじめ、ゆっくり同じところを歩きまわるような足音だという。

「なら、やっぱり自分じゃありません。十一時半には寝てしまいますから」

「じゃあ、いったい誰のしわざだというのかね？」

そう聞かれても心当たりはない。

とりあえず、管理人のところへ行ってこういうことがあると報告だけした。

「変ですねぇ。実は三〇一号室の方も上がうるさいって言ってるんですよ。そう言われても四〇一号室は空室なんですがね」

二か月前に雇われたばかりだという管理人は、首をかしげてオカルトじみた話をした。

「ここ、前はお化けマンションなんて言われて廃墟みたいになってたことあるらしいから、なんかあるのかもしれないですね」

冗談めかして笑われても、住んでいるこっちとしては良い気はしない。

管理会社に報告してやろうかと思う程度には腹が立ったが、その場では何も言わなかった。


お化けマンションなんて、ネットで調べればいくらでも出てくるだろう。

だが、今まさに住んでいるマンションがそうだなんて、はっきり言って知りたくない。

俺はいつも音楽を聴きながら寝るのだが、ヘッドフォンは少しこだわって良いものを使っている。だから、よけいな音は一切聞こえない。目を閉じれば音楽だけが俺の世界となる。

それが、どういうわけか、ある日帰宅したらヘッドフォンが水浸しになって壊れていた。

「なんだよ、これ……」

まわりは濡れていないし、天井を見ても水漏れした様子もない。もちろん窓が開いてたなんてこともない。

なのに、ヘッドフォンだけがびしょびしょに濡れているのだ。

安くない品だったので、なんとか直らないかとあれこれやってみたが、完全に壊れてしまっていた。

「濡れただけで壊れるようなものなのか、これ?」

腑に落ちなかったが、現実に壊れているものはどうしようもない。

俺は仕方なく、その夜は音楽なしで布団に入った。

シーンとし過ぎる状態に慣れていないせいか、なかなか寝付けず、うとうとしているうちにいつの間にか午前零時を過ぎていた。

ごとん

物音でハッと目を開け、すぐに違和感に気付いた。

「えっ？」

スモールランプの灯りでもはっきり見えた。


部屋の中で雨が降っている。


俺は目を疑い、それからぞわぞわと沸き上がってくる怯《おび》えに支配された。

「なんだよこれ……」

ビシャビシャ降り注ぐ雨の音にまじって、足音が聞こえる。それは玄関の方から廊下をまっすぐ進んで、こっちに向かってくるようだ。

目をこらしても何も見えないのに、足音だけが近付いてくる。

「なんで俺なんだよ」

震えが止まらない。ガタガタと歯の根も合わないような震えが。

パシャッ
ピシャッ
パシャッ
ピシャッ
どんどん近付いてくる。
たまらず目を閉じる。両手で顔を覆う。
バシャ。

ふいに雨音が止んだ。
足音も止まった。

おそるおそる
うっすらと
まぶたを開けて

しまった。

「やっと見てくれた」

男だか女だかよくわからない白くて大きな顔が、俺の鼻先すぐのところにあった。

暗い洞穴のような二つの目が、俺に向けられていた。


「逃げられないよ」

くぐもった声が脳を揺らし、俺はすとんと意識を失った。


「長谷川さん！　長谷川さん！」

遠くで呼ばれた気がして、それからすぐに苦しさにもがいた。

肺が空気を求めているのに、何かが痞《つか》えて息ができない。

「長谷川さん、大丈夫ですか⁉」

誰かが俺の腹にまたがって、みぞおちを強く圧している。

苦しい！！！

がぼっと口から生温い液体が出てくる。直後、激しくむせたが、ようやく空気にありつけた。

むせながら、さらに大量に吐く。

「よかった、吐いたぞ」

のども頭もひどく痛く、俺は再び意識を手放した。


次に目覚めたのは病院のベッドの上だった。

俺を助けてくれたのは階下の住人と管理人で、いつにも増してやかましい物音に加えて天井からぼたぼたとひどい水漏れがしてきたので、ただごとではないと急いでマスターキーで俺の部屋に入ったらしい。

「部屋の中に水たまりができてて、あなた、そこに顔を突っこんで倒れてたんですよ」

管理人は気味悪そうに言った。

平坦な室内の床に、大人の男が溺れかけるほどの水たまりができるなんて、常識で考えたらありえない。しかもそれは泥水だったそうだ。

「それでね、あとで片付けが大変だと思って戻って見たら、どこもひとつも濡れてなかったんです。下の部屋もね、同じだったんですよ。なんなんですかね？」

俺は退院した足で不動産屋を回り、即入居できる部屋を借りて引越した。

業者に頼んで例の部屋を引き払ったのだが、鍵を渡しに管理人室をたずねると見知らぬ若い男がいて、管理会社の社員だと名乗った。

「前の人、急に辞めてしまいまして。住み込みって条件の求人だとなかなか人来ないんで困ってるんですよね」

俺は黙って鍵を渡し、そそくさと外へ出た。

リノベーションでピカピカに生まれ変わったマンション。

駅近なわりに家賃は手ごろで、独り者にも広い部屋を貸してくれる好物件。

ちょっとふりかえったら、陽光の中でもどこか翳《かげ》って見える。

最初にここに来たときにも感じたことだ。

なぜ直感を信じなかったのか、後悔してもいまさらだ。
ぶるっと身震いし、俺はあわててマンションに背を向け歩き出した。
次第に足が早まる。
ぞわりぞわり、産毛が逆立つような感覚がおさまらない。
おかしい……どうして俺はこんなに怖いのだろう？
ついに走り出そうとしたそのとき、誰かに手首をつかまれた。
ピシャッ

濡れた足音に、ふりかえる勇気は……ない。
濃厚な禍々しい気配が俺を飲み込もうとしているのに、一歩も動けない。

耳元に、腐ったような臭《にお》いの息がかかった。

「逃げられないよ」

廊下

ありす

私の部屋は、マンションの三階の奥から二つ目の部屋なのです。

このマンションは、四階建てで各階四部屋ずつの作りなで階段は片方だけにしかありません。

そして、おかしな事に私の住んでいる部屋の隣の部屋はすぐに引っ越してしまうのです。早い時で、一ヶ月程でした。

隣の部屋は、マンションの一番端で階段とは反対側にあります。

その時も、隣の部屋が出てしまって誰もいないはずでした。

そう、決まって隣の部屋が引っ越して誰もいない時にそれは起こるのです。

夜中、二時近くになると……。

階段の方から、コツコツと足音が聞こえるのです。

最初は、どこかの部屋の人が帰ってきたのかなと思っていました。

しかし、足音は私の部屋を通り過ぎるのです。

隣には、誰もいないはずなのに。

そして、隣の部屋を越えていてもおかしくないほどにずっと足音が響き続けるのです。

最初は、足音だけだったのですが……。

夜、いつもと同じ時間に足音が聞こえてきたのです。私は、自分の部屋の玄関が開けっ放しなのに気づき慌てて締めに行きました。

足音よりも先に、扉を閉める事は出来たのですが。廊下側に置いてあったキッチンの洗剤や陶器の置物が全て落下したのです。

そして、足音はいつも私の部屋を越えていくのに……。その時は、私の部屋の前で止まり部屋のドアノブを回すのです。

もし、あの時……扉を閉め忘れていたら……。

今でも、思い出すたび……怖くなります。

夢の少年

無・i

昔、大型スーパーのバックヤードを整理するバイトをしていた頃、そこで知り合った高田さん（仮名）という人に聞いた話です。


私が入る前に山田君（仮名）という人が、居たそうです。

山田君は高田さんより少し早く入ったので一応先輩なのですが、山田君の方が歳下なので普通に敬語で接してくれて、性格も明るくとても感じの良い子だったそうです。

ですが、だんだんと山田君の様子が変わって行きました。

別に嫌な感じになった訳では無いのですが、元気が無くやつれた感じがしました。

それで高田さんは、知り合って日が浅いですが、思い切って訊いてみました。

すると、真面目に聞いてくれますか？　と前置きし、話してくれたそうです。

どうも、山田君の住むアパートに霊障があるらしく、悩んでいるというのです。

具体的には、ラップ音、人の声、壁の染み状のカビ。

壁の染みにいたっては、一度家主に言って修理して貰ったそうですが、なぜかそこだけ水滴が付くらしく、すぐにカビが生え出しまた染みが出来たそうです。


それと、もう一つ。

夢を見るそうなのです。


それは、どんな夢なのかと言うと、夜中に少年が訪ねて来るそうな。

夜中にドアをノックされて、起きてドアスコープを覗くと、少年が立っている。そして、向こうからは見えない筈なのに、じっとこちらを見ている。もしかすると、向こうもドアスコープの覗き穴を見ているだけなのかも知れないが――

そして、中に入れろとドアを叩きドアノブをガチャガチャと回すらしい。

いつも、そこで目が覚める。

単なる夢と思っているが、随分とリアルなのだそうだ。

あまりにリアルなので、もしまた夢であの少年が訪ねて来たら、夢の中でドアに印を付けておこうと思った。

もし起きて印が有れば、それは夢では無いという事だ……。


そしてまた夢を見た。


あの少年がドアスコープの向こうに見える。

山田君は、ドアの内側に消せるように水性マジックで『○』印を書いた。

夢の中だというのに、わざわざ消せるように水性マジックを選ぶ所が自分でも滑稽だった。


翌朝、夢で印を書いた事など忘れて、バイトに向かおうとした時、山田君はドアの前で愕然とする。

ドアにはきちっと見覚えのある『○』印が書かれていた。

山田君は、ドアを開ける勇気が無く、その日はバイトを休んだそうです。

○印のあった日から数日間、山田君はバイトを休み、次にバイトに出て来た時には、前の様に元気で明るい青年に戻っていたそうです。
高田さんは休んでいた理由を聞き、今はどうなっているのか？　と半信半疑ながら嘘には聞こえないため訊いた。

すると、山田君はもう少年は夢に出て来なくなったと、笑って言った。

のど元過ぎると……とでも言うのか、もう山田君にとっては笑い話のようだ。


怖いもの見たさもあり、日を変え高田さんは山田君のアパートへ向かう事にした。

その時に、一緒に連れて来たのが白石さん（仮名）という女の子だった。

彼女は高田さんの大学時代の後輩で、霊感があると言われていた。

さて、山田君の家に着いたが、白石さんはドアの前から部屋の中へ入ろうとしなかった。

高田さんが、どうしたのか？　と聞くと、「男の子が中に入る」と言った。

山田君は、白石さんの言葉に驚き、もう少年は居ない筈だと血相を変えて否定した。

白井さんは、言った。

「違いますよ。夢から消えたんじゃないです」

「え？」

「同じシチュエーションの夢は見るでしょう？　そこには、もう少年は居ない」

「うん」

「でしょうね。少年は夢から消えたんじゃない。夢から出て来たんです。ここ越した方が良いですよ」

その後、まもなくして山田君は、高田さんに告げる事無く引っ越して行った。

理由は以前から就職活動をしていた、設計事務所への就職が決まったからだと、店長に高田さんは聞かされたそうです。

あの夜のドライブ

雪鳴月彦

夕食を食べ終え一人でテレビを観ていると、突然スマホが鳴った。
誰からかと思いつつ確認すると、半年前に別れた女からだった。
今更何の用だ？
訝しく思いながら電話に出ると、数秒間の沈黙が流れた。

「……もしもし？」

さては、別の誰かにでもかけようとして間違えたか。
そんな推測をしながら声をかけると、どこか戸惑うような声がスマホの向こうから返ってきた。

「……もしもし、たっちゃん？　あたしだけど……急に電話してごめんね？」

「おう。どうした？　今更オレに何の用だよ？」

久々に聞く声に少し懐かしい気分を味わいながら、オレは皮肉を込めた言葉を口にした。

他に好きな男ができたと一方的に別れを切り出してきた相手だ。昔と同じように接しろというのも難しい。

「ん……あのね、ちょっとお願いがあるの。今から会うことできないかな？」

「今から？　先に用件を言えよ」

時刻は九時を過ぎたばかり。それほど遅い時間帯でもない。

時計を確認しながら言葉を返すと、また数秒ほどの沈黙が流れた。

「……あの、駅前にコンビニがあるでしょ？　そこまで来てほしいの。どうしても今すぐ行かなきゃいけない場所があって。乗せていってもらえたらなって……」

「そんなの、彼氏に頼めばいいだろ？」

「彼は……今無理だから。お金も無いし、たっちゃんしか頼める人思いつかなくて。お願い、送るだけでいいから」

元カノの口調は、何だか酷く切羽詰まったような感じで、悪ふざけやオレを騙そうとしているような気配は窺えない。

「お願い、たっちゃん。ホントに困ってるの」

今にもぐずりだしそうな元カノの声に、オレはため息を一つついてから
「わかったよ。駅のコンビニだな？　すぐ行くから待ってろ」

と声をかけ、テーブルに置いていた車のキーを掴み立ち上がった。

「あ、ありがとう！　待ってるから。ホントにありがとう！」

何度も礼を言う元カノを宥めるようにして電話を切り、オレはすぐに指定されたコンビニへと向かった。

「たっちゃん、こっち！」

駐車場へ入ると同時、外に立っていた元カノが手を振りながら走り寄ってきたので、助手席へと乗せた。

「ごめんね、突然呼んだりして」
「良いよ別に。それより、どこに行けばいいんだ？」
「あ、うん。取りあえず、案内するからこのまま出してもらえるかな」

そういう元カノの言葉に頷き、オレは車を発進させ道路へ出る。

それから暫く指示されるままに車を走らせていくと、徐々に人気のない場所へと入り込み、やがてほとんど交通量のない峠道へと辿り着いた。


「おい、こんな道通ってどこまで行くつもりだ？　本当に用事なんてあるのか？」


まさか、新しい彼氏と喧嘩別れでもして、傷心を癒すためのドライブに付き合わされてるとか、そういうオチじゃないだろうな。

そんなことを疑い始めながら隣に座る元カノを見ると、まるで何かに耐えるように表情を強張らせ、ジッと前方を見据えている。


「このまま進めば、もうすぐ着くから。たっちゃん、スマホ……持ってきてる？」

「あ？　ああ、あるけど。何だよ？　どっかに電話するのか？」

「……ううん。ごめんね、迷惑かけちゃって」

「………？」

言われている意味がわからず戸惑うオレをよそに、元カノはスッと前方を指差した。

「あそこ。カーブの所まで行ってくれれば、わかると思う。……来てくれてありがとう」

「カーブ？」

言われて、ライトをハイビームに切り替えると確かに急カーブが確認できた。

何でこんな中途半端な場所へ来たがってたんだ？

不審に思いながらも、そのままカーブへ差し掛かった瞬間――。

「うわぁ！　……と、何だこりゃ？」

オレは慌てて急ブレーキを踏み、車を停止させた。

カーブを曲がってすぐの所に、一台の車が横転し道を塞いでいた。

「事故か？　おい、大丈夫だったか？　いきなりブレーキかけたから驚いただろ？」

事故車に気を取られていたオレは、そう声をかけながら助手席へ顔を向け、そこで言葉を失った。

「……？」

たった今まで隣にいた元カノが、いなくなっている。

一瞬車を降りたのかと思ったが、そんな音も気配もなかったし、そもそも外にも元カノの姿がない。

「おい、どこ行ったんだよ！」

慌てて車を降り周囲を見回すも、人の気配も音もなくシンと静まり返った空間が漂うだけ。

「どうなってんだ……」

混乱しかけながらも、ただ立ち尽くしているわけにはいかないと、オレは恐る恐る事故車へ近づき人が乗っていないか確認しようと中を覗き込んだ。

横倒しになった車は運転席が上になっている状態で、頭から血を流した男がハンドルに腕を絡ませ動かなくなっているのが見えた。

そして、下になった助手席にも誰かがいることに気づき、オレはそっとポケットからスマホを取り出しライトを点け中を照らし、驚きに目を見開いた。

「……そんな、嘘だろ？」

助手席に座ったまま男と同じように顔を血に染め動かなくなっていたのは、たった今まで一緒にいたはずの元カノ本人だった。

その後、自分の身に起きたことの説明がつけられないまま、オレは急いで救急車の手配をした。

結局、車に乗っていた二人は死亡が確認され、スピードの出し過ぎによる事故だと判明した。

運転席にいた男はオレの後に付き合い始めた彼氏だったようで、恐らくドライブの最中に起きた悲劇だったのだろう。

オレに電話をかけてきた元カノは、きっと自分が事故に遭ったことをオレに伝えようとして現れた魂だったのかもしれないと、今はそう解釈している。

〝――来てくれてありがとう〟

助手席に座る彼女が消える直前、最後に告げた言葉は、未だオレの耳に残り続けている。

もしもしごっこ

駒木

小学校の林間学校に行ったとき、先生がしてくれた話。

先生にはマユミちゃんという娘さんがいて、その娘さんがまだ二、三才の頃、お気に入りの遊びがあったそうです。

『もしもしごっこ』といって、要は何かを受話器に見立てて、お話しするふりをする遊びです。

先生の家には、昔使っていたダイヤル式の赤い電話機があって、娘さんはよくそれをおもちゃにしていました。

もう古くって使っていませんでしたから、もちろんどこにも繋がってはいません。

娘さんは、ジーコジーコと適当にダイヤルを回して、受話器を耳に当てて「もしもーし」。

そのまま「あのねー、マユねー」とおしゃべりしたり、何かを真剣に聞くふりをしながら「うん、うん」「あー、しょうねぇー」なんて相づちを打つ真似をしていたそうです。

遊びには時々先生を巻き込んで、「しょうしょうおまちくらしゃい」なんて気取って言いながら、受話器を先生に渡してくるので、先生は「はい、お電話かわりましたー」と言って、適当に二言三言話すふりをしました。

ある日、先生が夕飯の支度をしていると、居間で遊んでいた娘さんが先生を呼びました。

「あのねー、おかーしゃんにかわってってー」

と言って、赤い受話器を差し出しました。

先生は、忙しいのになぁ、なんて思いながらいつものようにそれを受け取り、耳に当てました。

「はいはい、お電話かわりました」

『もしもし……』

先生は反射的に受話器を放り出したそうです。

何も聞こえないはずの電話機から、男の声がしたのですから。

黒い家

砂たこ

あれは、いつのことだっただろうか。

滅多に遊ばないタカシ君が来月引っ越すから……という理由で、クラスの仲間と彼の家に行った時のことだった。

「あの家、汚れてるね」

タカシ君家《ち》の二軒隣の家の壁に、べったりと墨でも塗ったような染みが広がっていた。

「……しっ、失礼だよ」

僕が差した指の延長線上のベランダから、痩せたお爺さんが庭に出てきた所だった。

学級長のトシヤが慌てて僕の手を押さえた。

不自然な黒い汚れのことが気にかかったが、誰かがタカシ君家のチャイムを鳴らした途端、小学生の僕の関心は移ってしまった。

それきり、汚れのことを口にすることはなかった。


数日後、タカシ君は引っ越した。

二軒隣のあの家が火事を出して近所に延焼し、焼け出されるように、引っ越しが早まったのだ。

火元の家は全焼し、お爺さん共々、一家五人が亡くなる大惨事だった。

それでも僕は、黒い汚れのことを忘れていた。

明確に確信したのは、高校三年生の夏のことだ。
受験を控えた僕は、塾の帰り道、家の方向が同じリョウタと電車の駅に向かっていた。

「息抜き、付き合ってよ」

彼がこう言うと、コンビニに寄ろうという合図だ。
その頃リョウタは、駅前のコンビニでバイトしている、ショートカットの「田中さん」に夢中だった。
受験勉強のグレーな日々の中で、田中さんは彼の心のオアシスだった。

「……そんなに好きなら、映画とか誘ってみたら？」

コンビニ前の駐車場で、買ったばかりのガ●ガ●くんをかじる。
座ったコンクリートの車止めから昼間の余熱が漂ってきた。

「馬鹿か。俺達、受験生だぞ」

その受験生が色恋に気を散らせているのだから、どっちが馬鹿だよ。

言いかけて、僕は言葉を飲み込んだ。

何気なく見上げた、駐車場に面したマンションの二階に、不自然な黒い汚れが貼り付いていた。

「……どうした？」

「あ……あ」

リョウタの視線に気づいて、溶け出したガ●ガ●くんを頬張る。

「……あれ、見えるか？　向かいのマンション」

溶けたガ●ガ●くんが足元に青い水溜まりを作っていた。
踏まないように立ち上がり、僕は二階の右端を示した。
その一角は丁度街灯に照らされていて、夜でも建物のくすんだ褐色が見てとれた。

「えー、なんだよ？　何か面白いものでも見えるのか？」
「ベランダのテラス、あの部屋だけ……黒くないか？」

外壁と同色のテラス部分。
カーテンから部屋の灯りがこぼれている。
他の部屋は褐色で、その部屋だけべったりと闇色が広がっていた。

「黒？　いや……わからないな。コンタクト合わなくなってきたかな」

あんなにはっきり見えるのに。

「ガリ勉し過ぎなんじゃねーの？」

軽口で誤魔化したが、彼には「見えない」という事実に愕然としていた。

「うるせーよ。そろそろ帰ろうぜ」

コンビニのゴミ箱にガ●ガ●くんのハズレ棒を押し込んで、僕達は駐車場を後にした。

あのマンションで強盗殺人事件が起こったとニュースを騒がせたのは、翌週のことだった。

黒い汚れが見えた二階の右端の部屋。

塾の帰りに振り返ると、テラスごと青いビニールシートで覆われていた。

僕は確信した。

あの黒い汚れが付いた家の住人は、亡くなる。

汚れが付くから亡くなるのか、亡くなる運命が汚れを呼び寄せているのか……。

いずれにせよ、その不吉な汚れが見えるのが僕だけ、ということが不気味だった。

友人や家族に相談してみようかと思ったが、内容が内容だけに躊躇した。

友人にイロモノのようにからかわれるのは嫌だったし、家族からも「受験ノイローゼ」などと心配されそうで怖かった。


あれから八年。

僕は就職して、安アパートで独り暮らしをしている。

職場で知り合った彼女もできた。年毎に結婚のプレッシャーが強くなってきていて、来春辺り、腹をくくらないといけないかもしれない。

そんな未来を漠然と意識し始めた秋だった。

珍しく、休日明けなのに早く目が覚めた。

アパート外のゴミ置き場にゴミ袋を出してきた帰り、ふと自分の部屋を見上げて血の気が引いた。

あの黒い汚れが、僕の部屋の窓の周囲に、べったりと染み付いている。


「……嘘だろ……」


呟いて目をこする。

まるで額縁のように、窓だけ綺麗なまま、黒い汚れが囲んでいた。

小刻みに手が震えていた。

深呼吸を一つして覚悟を決めると、もう一度しっかりと目を凝らす。


「死ぬのか……僕も……？」

ザワザワと嫌な寒気が足元から這い上がってくるようだった。

僕は反射的に駆け出し、部屋に飛び込むと、出張用のトランクに身の回り品をありったけ詰め込んだ。

もう戻って来れないに違いない。

そんな予感が脳裏をかすめ、持てるだけの荷物をいくつものカバンに押し込んだ。

急いでアパートを出ると、とにかくタクシーを拾い、彼女……サキコに電話した。

「どうしたの？　こんな朝早く。もうすぐ家出るよ？」

「ごめん！　今日、会社休んでくれないか!?」

「……何……本当にどうしたの？」

「今、君の部屋に向かっている。着いたら詳しいこと話すから……！」

僕の只ならぬ口調に、サキコは「わかった、気を付けて」とだけ言うと、電話を切った。

夜逃げ同然の荷物の山を前に、初めは呆れた色を浮かべていたが、サキコは手際よくクローゼットの一角を空けてくれた。

「それで……何があったの？」

ダイニングテーブルにマグカップを二つ並べて、彼女はコーヒーメーカーのスイッチを押した。

何から話せば良いのか……それよりも、この部屋に来たことで彼女にまで災いが及んでしまわないのか……。

早くも僕は後悔していた。

全てを話した時、サキコは困ったような難しいシワを眉間に刻んだが、すぐに穏やかに微笑んだ。

「そういうのって、霊感みたいなものなんじゃない？　だったら、お祓いしてもらおうよ」

「……笑わないのか？」

「冗談であの荷物は持って来ないでしょ？」

湯気の消えたマグカップを横に避けて、彼女は僕の手を握った。

情けないが、その手の温もりに、涙が零れた。

……結婚しよう。

この一件が全て片付いたら、サキコと一緒になりたい。

僕は心から強く願った。


それからのサキコの行動は早かった。

インターネットで霊能力者やお祓いの効験あらたかなお寺を調べ、片っ端からアポを取った。

僕は彼女に言われるがまま、二日の間に十ヶ所で祓い浄められた。

とにかく、藁にもすがる思いだった。


十ヶ所目のお寺から帰る途中、彼女と一緒にタクシーで僕のアパートを見に行った。

「……どう？　見える？」

タクシーの窓から恐る恐る顔を出す。

とても近くまで行く気にはなれなかったので、二百メートルほど離れた住宅街に、メーターは切らずに停まってもらった。

「……いや……よく見えないけど……」

アパートは見えるが、部屋の位置まで確認できない。

「運転手さん、次の角まで進んでもらえますか」

曖昧な答えに苛立ったように、即座にサキコが指示を出す。

一方の僕は、天に祈る気持ちで目を凝らした。

「……どう？」

今度は、はっきりと自分の部屋が確認できた。

「……どうなの？」

「ない。消えた……消えてるよ!!」

白髪混じりの運転手が、バックミラーごしに怪訝な目付きで僕らを見ていたが、構わなかった。

「ありがとう！　ありがとう、サキコ！　助かったんだ!!」

僕らはシートで固く抱き合って喜んだ。

十ケ所のお祓いのどれが効いたのかわからないけれど、信じる者は救われるんだ！

「……あのう、お客さん。降りるんですか？　それとも、まだ走るんですか？」

遠慮がちな呆れ声に我に返った僕らは、とりあえずサキコのマンションに戻った。

翌日、出社した僕らは、それぞれの部署の上司から冷やかしともつかぬ注意を受けた。

サキコが気を利かせて、それぞれの部署に「僕が急性胃腸炎にかかって、彼女が付き添って病院に行った」という理由を連絡してくれていたのだ。

お陰で、無断欠勤は免れたものの、いい年をした大人が彼女に付き添われて……というのは恥ずかしい話だ。

更に、ごく一部にしか明かしていなかった彼女との仲が、今回のことをきっかけに公になってしまった。

課長に聞かれた成り行きで、僕はいずれ結婚するつもりの交際であることも吐露してしまったが、構わないと思った。

その夜、ペナルティの残業で遅くなった僕は、サキコの好きなケーキを買って、彼女のマンションに帰った。

もうこのまま同棲して、その勢いで一気にゴールイン――そんな計画さえ、僕は考えていた。

「もうすぐ着くよ。遅くなってごめん」

マンションの近くの交差点で、信号待ちの間にメールを入れる。

「バタバタしたから、今日はカレー。温めておくね」

すぐに返事が届いた。

信号が青に変わる。

僕は幸せな気分で、歩きながらマンションを見上げ、彼女の部屋の窓を探す。

――足が止まった。

二階の端から三番目。

灯りの点いた窓からベランダにかけて、夜の影とは明らかに異なる不吉な闇が黒々と広がっている。

次の瞬間、激しいクラクションの音が近づき――振り返った視界いっぱいに、大型トラックとひきつったドライバーの表情が焼き付いた。

歩行者側の信号は、既に変わっていた。

梅干し

雪嶋月彦

夏になると、毎年梅干しを作るのが我が家の恒例行事だった。

母が直売所で梅を買ってきて、それを塩で丁寧に揉んだシソの葉と共に適当なサイズのガラス瓶に入れ、鮮やかな赤い色が着くまで保管する。

言葉で手順を説明すれば単純ではあるけれど、塩加減などを間違えるとすぐに黴が生えてしまうため、相応の知識と経験がものを言う作業だ。

漬けて数日も過ぎればほんのりと赤い色がつき始め、十日もすれば一応食べることができる。

ああ、今年もうまく色がついたな。これなら無事食べられそうだ。

梅干しの入ったガラス瓶をかざすように持ち上げ中身を見ていると、底の方で漬けられている梅干しが一つだけゆっくり回転するように動きだした。

ん？　何だ……。まさか虫でも入り込んだのか？

一瞬そんなことを思うも、塩漬けされた瓶の底で虫が生きているわけもない。


「うわっ⁉」


訝しく思いつつその梅干しを凝視していた私は、その正体に気がつき慌てて瓶を近くにあったテーブルへ置き後退った。

くるりと半回転した梅干し。それは梅ではなく、毛細血管が破裂でもしたかのように真っ赤に充血した眼球だった。

濁ったような瞳と視線が重なり、すぐに身を引いた私は離れた場所からもう一度眼球のあった箇所を確認したが、そこには漬け込まれた梅干しがあるだけで、たった今見たはずの異物はどこにもなくなっていた。

この年、私はどうしても梅干しを口にする気にはなれなかった。

後部座席

yoga

私は昔から人に個人的な相談をされることがよくありました。

自分が話すよりも、人の話をじっくり聞くほうが好きという性格のせいかもしれませんが、とにかく昔からよく「実はあの人が気になっているんだけど、どう思う?」とか「○○ちゃんとデートしたいから取り次いでくれない?」とか、その手の相談を数え切れないほど受けてきました。

私としては、そういう相談をされると自分が頼られているという感じもするので、悪い気はしていませんでした。

ただ一度、そのことが災いしてとても怖い思いをしたことがあります。

以来、私は安易に人の事情に立ち入るのはやめようと胸に決めたのです。

その出来事は、私が女友達から受けた相談が発端でした。

彼女は私が勤める会社の元同僚で、当時は結婚して会社を辞めて専業主婦をしていました。

そして、彼女の旦那さんも私と同じ会社に勤めていました。いわゆる職場恋愛、職場結婚ですね。彼とは何度も一緒に仕事をしましたし、仕事仲間としてよく飲みにも行きました。


彼女に子供が生まれてからはしばらく会っていなかったのですが、ある時彼女から「相談がある」と連絡が来て、久しぶりに会いました。

彼女は待ち合わせ場所にまだ一才くらいの子供を抱いて現れました。

結婚前に比べると、ややふっくらした印象を受けましたが、印象的な艶のある長い黒髪と、シミひとつない真っ白な肌は昔とちっとも変りませんでした。

彼女は私の知り合いの中でも、間違いなく最も美しい女性でした。

ただ、子育てが大変なのか、薄い化粧に透けて見える、目の周りのクマが少し気になりました。

しばらくお互いの近況を話した後、彼女は「●●（旦那の名前）が浮気してないか確かめてほしい」と切り出しました。

結婚前に比べて帰宅も遅くなっているし、帰ってこない日もたまにあり、いつもスマホで誰かとメッセージのやりとりをしているみたいだし、気になって不安で仕方がない、と彼女は思い詰めた表情で言いました。

彼女は昔から、やや心配性というか、恋愛でも相手を過剰に束縛するような面がありました。

私にはわかりませんが、これだけの美人だと、相手の男が自分以外の女にちょっとでも目移りするのが許せないのかもしれません。ただ、今回に関しては相当深刻に思い詰めているようで、こんな状況が続けば子育てだってまともに続けられない、気が変になってしまいそう、と言っていました。

実は、彼女の旦那は昔からかなりの浮気症で、仕事仲間もよく「あいつの奥さんは大変だろうな」ということを冗談めかして言っていました。

これはその場では言わなかったのですが、彼は実際に最近職場の後輩の女性社員とそういう仲になっている、と噂になっていたのです。

私はとりあえずその場は「ちょっと探ってみる」と言って別れました。

それからしばらくしてから、彼女の旦那からゴルフに誘われました。

「今度後輩の女の子と一緒に行くんだけどさ、さすがに二人で行くといろいろマズいだろ?」と、完全に浮気のカモフラージュ役として声をかけられたのでした。

私も彼の浮気症は知っていましたが、あまりにあっけらかんとしたその態度に多少イラっと来たので、私はこの機会を利用して彼の浮気がどのくらい本気なのか確かめて、本当の浮気だったら彼女に報告してやろう、と思い、一緒にゴルフに行くことにしました。

当日はゴルフ場まで車二台で行くことにしました。

私は車が唯一の趣味で、当時以前から気になっていた外車をローンで買ったので、その車で行こうと思っていました。

しかし、前日に彼から電話がかかってきて、車を貸してくれないか？　と頼まれました。

彼も車を持っていたのですが、休日に奥さんを一人置いて車を出すのは気まずいと言うのです。

じゃあ、レンタカーでいいじゃない、と私は言ったのですが、後輩を乗せる手前、安っぽい大衆車に乗るわけにはいかない、と譲りません。

なんて図々しいやつと思いましたが、あまりに必死に頼むので私も結局折れて、当日は彼が私の車を借り、私はレンタカーで行くことになりました。


当日は関東郊外のゴルフ場に車二台で行きました。

彼が後輩の女の子を乗せて前を走り、私はその後について運転しました。

ゴルフ自体は何の問題もなく終わりました。

浮気調査目的で行ったのですが、彼が盛り上げてくれたこともあってゴルフ自体は思いの他楽しいものでした。

二人は終始いちゃいちゃしていましたが、特に決定的なシーンがあったわけでもなく、ただのお遊びといえばそれまでといった感じでした。

ゴルフを終えて私たちはシャワーを浴び、ゴルフ場内のレストランで食事をとって帰ることにしました。

来た時と同じように、彼と後輩が同じ車に乗って前を走り、私は一人で彼らの車の後についていきました。

車に乗る前、彼は「途中で俺たち、どこか入っちゃうかもしれないけど、その時は察してね」とサラリと私に言ったので、私は「どうなっても知らないぞ」とおどけて返しました。

ゴルフ場はかなり田舎の方にあったので、帰り道は灯りも少なく、真っ暗な道を彼の車のライトを目印に走りました。

暗くて彼の車の中の様子はよく見えなかったのですが、たぶん後輩の女の子と楽しくおしゃべりしながら運転してたのだと思います。

不思議なことが起きたのは、田舎の開けた道から、高い木の茂る森のような道へと入った時のことです。

それまで暗くて何も見えなかった前の車の後部座席に、何やら青白い靄のようなものが浮かびました。

その青白い靄は、決して強い光を放っているわけではないのですが、暗闇の中でやけにはっきりと見えるのです。

その靄はしばらく真っ暗な後部座席でゆらゆらと形をとどめずに漂っていたのですが、車がどんどん森の奥に進んでいくに連れて、徐々に靄は形を帯び始めました。

そして、後部座席の右側、運転席側で靄はどんどん濃くなっていき、明確な形を成しました。

真っ青な、人の形に。

私は急に全身に寒気がしてきました。

私には霊感のようなものは全くありませんでしたし、そういう経験をしたことも一度もありませんでしたが、何やら異常なことが起こっているという確信がありました。その靄が現れてからも彼の車は速度を変えることもなく、一定のペースで走り続けています。

もしかしたら彼は気づいていないのかもしれない、そう思い、私はハンズフリーで彼に電話をかけました。

しかし、何度かけてもつながりません。気づかないことはないと思うのですが、折り返しの連絡もありませんでした。

そして、森の終わりが見えてきたあたりで、ふいに暗闇が深まり、前の車のランプも青白い靄も見えなくなりました。

すぐに暗闇は明けて、森を抜けたのですが、私は既に彼の車を見失っていました。このあたりは一本道で見失うはずもないのですが、なぜか見失ってしまったのです。

彼から電話があったのはそれから三時間ほど経って、私が自宅に着いた頃でした。

「ごめんごめん、途中で盛り上がっちゃって、途中にあったホテルに入ったんだよ」

と彼はいつものおちゃらけた調子で言いました。

「それはいいんだけどさ、運転してて何か変なことなかった？」と私は聞きました。

「……実はさ、途中から彼女が具合悪くなっちゃったんだよ。急に寒い、寒いってなんもしゃべれなくなっちゃって。だから、ホテル寄ったのに何もしてないのよ、ほんと休んだだけ。その後もずっと体調悪そうでさ。大丈夫かな？」

私は「罰が当たったんじゃないの？」と冗談っぽく言いましたが、寒気が止まりませんでした。


次の日、彼が車を返しに来たので、私はすぐに後部座席を確認しました。

一見すると、何の異変もなかったのですが、シートの隙間を探ると、指に何かが絡みつきました。

驚いて手を引くと、指には何本もの髪の毛が絡みついていました。

真っ黒で艶やかな、長い女の髪の毛が。

私と彼は無言で顔を見合わせました。

彼が帰った後、私はドライブレコーダーを再生しました。

実は、浮気の証拠をとろうと思って、運転中の音声を録音するように設定しておいたのです。

本当の浮気かどうか、車で何を話してるか聞けばわかると思ったので。

しばらく彼と彼女のしょうもないカップルみたいなバカ話が続くのですが、ちょうど運転し始めてから三十分くらいした時、ふいにその後輩の女の子の声がしなくなり、彼が何を問いかけても答えなくなりました。

その後、無言の時間が続き、たぶん森に入ったくらいの時間だと思うんでが、急にザァー……ザァー……というノイズが交じり始めました。

それで、急に誰の声かわからない、人間の声とは思えないような、しゃがれ声が入ってたんです。

「死ね死ね死ね死ね死ね死ね死ね死ね死ね死ね死ね死ね死ね死ね死ね死

ね死ね死ね……」って呪文みたいにつぶやく声が。

私はそれからすぐにその車を売りに出しました。ドライブが趣味でしたが、しばらくはハンドルを握る気にすらなりませんでした。

彼は結局後輩の女の子とは深い関係にはならなかったようです。

その後輩の女の子はそれからしばらくして会社も辞めてしまったので、どうなっているのか、ちょっとわかりません。

その後、彼から浮ついた話を聞くこともなくなりました。

居酒屋

東堂薫

先日、合コンをした。

会社の同期に、あやかという子がいて、けっこう仲がいい。おたがいに友人を三人ずつ呼んで集まろうという話になった。

あやかと仕事のぐちを言いあいながら飲みに行く、いつもの居酒屋に集まった。

おれは大学時代の友人を、あやかは高校時代の友人を呼んだ。

七時と約束していたのに、おれの友人Dが、十五分をすぎても来ない。しかたないので、さきにオーダーを始めた。

あやかのつれてきた友達のなかに、一人、ものすごい美人がいた。長い黒髪。大きな黒い目。細面で端整で、振袖が似合うタイプの和風の美女だ。

芸能人でも、このくらいキレイな子は、なかなかいない。

おれたちは、のぼせあがった。

舞いあがって、自分で何をしゃべってるんだか、よくわからない。

楽しくて、あっというまに時間はすぎていった。

おかげで、すっかり、Dのことを忘れていた。

今日はなんだかやけにおれがモテるなと思ったが、そうだ、Dがいないからだ。

Dは、顔は普通だ。まあ、並よりはいい。

なのに、なんでか、こういう場では、やけに人気がある。きさくで話しやすく、女の子に言わせると〝優しい〟らしい。

それに話題が豊富で、場を盛りあげるのが、とてもウマイ。

そういえば、Dのやつ、どうしたんだろうな？

遅れるなら遅れるで、連絡入れてくるはずなのに。

そう考えはしたが、急な残業でも入ったんだろうと、あまり気にしてはいなかった。

なんと言っても美人がいたし、ほかの子も感じのいい子ばっかりで、こんなに楽しい合コンは初めてだった。

かなり酔ってきたときだ。

ひととおりゲームなどもして、おしゃべりをしていた。おれはテーブルの端を見て、ギョッとした。

手がある。


料理ののった皿やジョッキにまぎれて、ぽつんと人の手が、そこにある。

座敷席なので、床は畳だ。

テーブルは座卓。テーブルの下も足が入れられるようになっているわけではなく、ちょくせつ床にすわっている。

手はテーブルの端に、下からかけられている。

床に誰かが寝そべって、手だけをのせているのなら、できなくはない角度だ。

誰か、酔いつぶれたか？

おれは楽しそうに話している友人たちの頭数を数えた。

おれを含めて、男は三人。

あの手は男のものだから、女の子たちは関係なさそうだが、いちおう数える。ちゃんと、四人。

つまり、誰も畳の上に行儀悪く寝そべってなどいない。

じゃあ、あの手は、誰のものなんだ？

おれは、おそらく冷や汗をかいていたと思う。

気になるので、座卓の下をのぞいて確認したいが、何か変なものが見えたらと思うと、なかなかそれもできない。

友人たちは、その手に気づかないのか、いっこうに、おしゃべりをやめる様子がない。

迷っているうちに、おひらきになった。

楽しかったね、また会おうねと、女の子たちが帰っていく。

ふと見ると、テーブルの上の手は消えていた。

酔って幻覚でも見たんだろうか？

その日は首をかしげながら家に帰った。

＊

連絡があったのは、翌日だ。

昨夜も合コンに来ていた友人のAから、ラインのメッセージが入っていた。
おい、大変だ！　Dが昨日、死んだって！
会社帰りに電車の人身事故にまきこまれて――と。

Dは線路に落ちた人を助けようとして、死んだらしい。
時刻は、ちょうど、あの合コンをしていたころ。

遺体は凄惨をきわめ、最後まで左手が見つからなかったそうだ。

蓄音機の家

雑物堂

これは私が小学生の時の話です。

そしてもしかすると、今も継続しているかもしれない話です。

私自身が体験した話ではありませんが、当時のことを出来るだけ思い出し、身の回りで見聞きしたことを繋ぎ合わせて若干の補完を加えて書き起こすことにしました。


小学五年生当時、一学期を終えた私達のクラスは夏休みの予定を話しあっていました。その中にクラスでもやんちゃな児童の集まったグループがあり、心霊スポットで肝試しをする計画を立てて盛り上がっていました。現地に行った証拠に写真を撮ってきて夏休み明けにクラスで披露すると豪語していました。

そのグループの中には私の友達（仮にA君とします）もおり、彼から私も誘われたのですが、臆病だった私は肝試しを断り、A君からビビりだとからかわれたのをよく覚えています。

しかし私にも好奇心はあったので、肝試し実行後にその様子をA君から教えてもらえるように頼んでおきました。


当時私が住んでいた町にはいくつか心霊スポットがあり、その中でも小学校の一部のクラスで話題になっていたのが通称「蓄音機の家」と言われる廃屋でした。

なんでもこの家のどこかには古いまま放置された蓄音機があり、夜な夜な勝手に音声を再生するという話でした。この音声を聴いた人間は呪われる、あるいは死んでしまうという、言ってしまえばよくある話でした。

ですが当時は心霊番組全盛の頃で、夏ともなるとテレビではそちこちで心霊スポット訪問や心霊写真特集が組まれ、小学生の間でもブームが起こっていました。そのためこの「蓄音機の家」の由来にもどんどん尾鰭が付き、非業の死を遂げた家人達が成仏できず未だに家に留まっているとか、蓄音機から流れる音声はこの家人達の断末魔の声を収録したものだといった噂がまことしやかに囁かれていました。

八月の上旬、A君達のグループはそんな「蓄音機の家」に「心霊写真を撮ってテレビ局に投稿する」と意気込んで肝試しに臨みました。

肝試しが終わった後、数日経ってからA君から一本の電話がかかってきました。電話口のA君の声は消え入るようにか細いもので、終始何かに怯えているようでした。とても普段の溌剌とした彼とは思えませんでした。

これからの話はそんなA君から聞いた肝試しの一部始終です。


肝試しの実行は夜九時頃、大人に見つからないように子供だけで準備を済ませて集まったそうです。各々懐中電灯や使い捨てカメラ、ロープやお菓子を持ち寄り探検気分で廃屋に向かいました。

洋風の造りである「蓄音機の家」は町のはずれに位置し、住宅の並びから離れた寂しい丘の上にありました。鬱蒼と茂る木々に囲まれた廃屋の威容にやんちゃなA君達もしばし圧倒されて、敷地内に入れなかったらしいです。
A君達は「思ったより全然怖くない」「こんなの余裕だよな」と互いに虚勢を張りあい、恐る恐る屋内に足を踏み入れました。

屋敷は内装も家具も荒れ果てており、木材は朽ち、あちこちに蜘蛛の巣が張られていました。A君達は懐中電灯で先を照らしながら例の蓄音機を探し始めました。
蓄音機にまつわる噂の一つに「蓄音機は屋敷の主人の書斎に置かれている」というものがあったため、A君達は書斎を探したのですが、該当する部屋は見つからなかったそうです。
グループは諦め半分安心半分で、適当に写真を撮って切り上げようという話にまとまりかけたとき――。

「……プツッ……ザ……ザザ……」

妙な音が聴こえてきました。

全員に聴こえたようで、耳を澄ませて音の出所を探ると、それは古びた棚の裏から漏れ出ているようでした。

皆で協力して棚をどかすと、そこに扉を発見したのだといいます。

扉を開くとギィと軋んだ音をたて、地下に続く階段が現れました。音はその奥が発信源のようであり、A君達は恐怖心と好奇心で戸惑いながらも一歩ずつ階段を下りていきました。

下りた先には倉庫と思しき一室があり、使われなくなった家具や調度品で雑然としていたそうです。音を頼りに埃まみれの倉庫を探すと、古いテーブルの上に載せられた〝それ〟が懐中電灯の光に照らされて目に入りました。

「蓄音機だ……！　本当にあったんだ！」

それは手巻きゼンマイが付いたホーン式蓄音機であったそうです。

しかし、奇妙なことにレコード盤がセットされていません。にもかかわらず、妙な音声は依然として蓄音機から流れてくるというのです。

そしてA君達は、ずっと聴こえていた音が何かの言葉だということにも気が付きました。

「……が……ざ……」

その声は蓄音機特有のアンティークな響きを伴って繰り返されています。

「あ……がと……ざ……す」

男とも女ともつかぬ、形容し難い声で。

それが何を言っているのかわかったA君は「うわあああ！」と悲鳴を上げて一目散に逃げ出しました。他のメンバーにもその恐怖が伝染し、全員が半狂乱になりながら屋敷を飛び出して、肝試しは強制的に終了したということでした。

A君から電話で聞いた話はここまでです。肝試しの体験後、A君とは一度だけ顔を合わせる機会がありました。通話中の様子があまりに変だったので、お見舞いをしようと思って彼の家に行ったときのことです。

A君はすっかりやつれて青い顔をしていました。小学校での彼を知っている私から見ればまるで別人でした。彼は近日中にさる高名なお寺に出かけるのだと言っていました。「蓄音機の家」で撮れた写真を持ち込むのだそうです。

「逃げ出すときのはずみでシャッターが切られて……現像してみたら……」

A君が差し出した一枚の写真を目にして、私は思わず息を呑みました。

蓄音機をバックにして、ガリガリに痩せこけた人間が写されていたのです。

体は真っ白で血の気がなく、頭にはまばらに髪の毛が残った男か女か判別のつかない人物でした。何よりも恐怖を覚えたのはその表情。

眼球が深く陥没した目をカッと開き、口を大きく歪めて、笑っていたのです。

テレビで見るような心霊写真と違って、その霊（霊と言っていいのかわかりませんが）は鮮明に撮影されており、異様な生々しさを伴っていました。

A君は震えながら、私に教えてくれました。
「おれ、聴いちゃったんだよ。蓄音機からの音声が何て言ってたのか」
その音声はこんな言葉を繰り返していたそうです。

「ありがとうございます」

「ありがとうございます」

「ありがとうございます」

A君は夏休み明けには転校していきました。彼のみならず、肝試しに参加した他の児童も転校したり不登校になったり、精神的なショックにより治療を受けたりと異例の事態になりました。

この事件をきっかけに、学校や各家庭からは「蓄音機の家」に児童が近づくことが固く禁じられ、地域の見守り運動も活発化しました。

それ以降、小学校を卒業するまで同様の事件が起こったという話は聞きませんでした。

私は小学校卒業と同時に引っ越してしまったので、「蓄音機の家」が今もあそこにあるのか、A君達はどうなったのか、あの写真の人物は何だったのか、いずれもわかりません。ネットで「蓄音機の家」や関連するキーワードで検索してみたりもしているのですが、該当するような事例は見つけられずにいます。

私がいまだに恐ろしいのは、A君が聴いたという蓄音機からの言葉です。

「ありがとうございます」とは何に対してのお礼なのでしょうか？

あの写真に写っていた人物の発した言葉だったのでしょうか？

もしそうなら、A君達はあの家に眠っていた恐ろしい何かを呼び起こしてしまったのでしょうか。

だとすれば、あの写真の中で笑っていた得体の知れないものは、今もこの世のどこかを彷徨っているのかもしれません。

おしらせさん

こにし桂奈

——『嗣子《つぐこ》、長男の護《まもる》が亡くなった今、この千歳家を継ぐのはもうあんたしかおらんで、よろしゅうたのむで』

私の祖父は、死ぬ直前まで千歳《ちとせ》家の行く末を案じていた。

千歳家は、昔は豪農だったのだが、農地改革と少しずつ切り売りしてきたことで田んぼが減り、今ではわずかとなっていた。

祖父は、田畑よりも大事なこととして、あるものをいつも気に掛けていた。

『嗣子、〈おしらせさん〉だけは、他人に知られずに護っていくんじゃよ』

〈おしらせさん〉とは先祖代々受け継いだ千歳家の家宝で、豪華な着物を着た日本人形なのだが、体内に神さまが宿られており、不思議な力で千歳家を護ってくれると言い伝えられていた。

おしらせさんの体内を開けて見ることは禁忌であり、人形に触るのも当主のみ。

それを破ると祟りがあると言われていた。

おしらせさんの不思議な力とは、千歳家に災難が起きる前になると、カタカタと鳴って知らせてくれることだ。

体内におられる神様が、動いて知らせてくれるのだそうだ。

それで、〈おしらせさん〉と呼ばれている。

祖父は元気だったころ、嗣子と護に、おしらせさんの不思議な話を繰り返し聞かせた。

第二次世界大戦中の話として。

『おしらせさんがカタカタ鳴ったのでおしらせさんだけを持って防空壕に避難すると、家に焼夷弾が落ちてきてすべて燃えてしまった。避難していなかったら全員死ぬところだった』

終戦直後の混乱期の話として。

『カタカタ鳴った直後にセールスマンがやってきて、儲け話を持ち掛けた。軍手を編む機械を買って生産すれば、全部買い取るという話だったが、おしらせさんを信じて断った。親戚にも伝えに言ったが、ほとんどが契約したあとだった。おしらせさんの話をしてすぐ解約させたが、大層な違約金を取られたと恨まれた。親戚以外の村人たちはほとんどが契約していて、軍手をせっせと作った。ところがあのセールスマンは二度と現れず、買い取ってもらえなかった大量の軍手は在庫となり大損した。材料費に機械の借金。それらは違約金よりもずっと多額で、村は廃れ、多くのものは田畑を売って引っ越した』


戦後復興も落ち着いたころの話として。

『おしらせさんがカタカタ鳴ったので、家じゅうの戸締りをして親戚の家に避難した。翌朝戻ると、隣家に強盗が入り家人全員が縛られて殺されていた。犯人の足跡は千歳家の敷地にもあり、家にいたら全員殺されるところだった』

などなど、実例は多数だった。

私はおしらせさんの話が大好きで、何度もせがんでは同じ話を聞かせてもらった。

兄は、『くだらねえ』とバカにして本気で信じていなかった。

そんな兄の態度を見るにつけ、祖父は私に期待した。

『嗣子、おしらせさんをバカにしてはいけないよ。おしらせさんを信じないと、とんでもなくひどい目に遭ってしまうよ』

兄がバカにするのも無理はない。

それは、おしらせさんがカタカタ鳴るところを見たことがなかったから。

自分たちを怖がらせようと作った話だと、兄は信じていた。

兄は、友人たちへ、事あるごとにおしらせさんの話を面白おかしく吹聴した。

私は、おしらせさんを信じていた。

いつ鳴る日が来るのだろうかと、怖いもの見たさで神棚のおしらせさんをいつも眺めていた。

ある日、ついに、おしらせさんがカタカタ鳴った。

それは、両親が旅行に出発する日だった。

おしらせさんの警告に従わずに車で出掛けた両親は、カーブする山道の途中で崖から落ちて亡くなった。

車の整備不良とのことだった。

旅行を止めなかったことを、祖父母は死ぬまで悔やんだ。


さらに、災難は続いた。

兄が高校生、私が中学生の時だった。

祖父母と兄の留守中、おしらせさんがカタカタ鳴った。

怖くなった私は、祖父母の帰りを降車駅で待とうと思い、念のため家中の施錠を確認して外に出た。

祖父母とともに家に戻ると、兄がバットで撲殺されていた。

『おしらせさんに気付かんかったんかなあ』

祖父母は涙が枯れるほど泣いた。


その後、先に祖母が亡くなり、祖父も亡くなった。

本家の跡継ぎとなった私だったが、農業などできるわけもなく、他人に貸して現金収入を得て暮らした。

高校卒業後は、おしらせさんだけを持って都会に出た。


働きながら一人暮らしする中で、兄の親友の淳一と偶然再会して、付き合うことになった。

淳一が、初めて私の住むアパートへ遊びに来る直前、おしらせさんがカタカタ鳴った。

カタカタカタ……。

カタカタカタカタ……。

カタカタカタカタカタ……。

「こんなに激しく鳴るなんて……。でも、どうして……？」

理由が分からないが、これから災難が起きることは確実。

淳一を待ってから、一緒に逃げることにした。

「やあ」

淳一がやってきた。

するとおしらせさんがさらにカタカタと鳴りだして、止まらなくなった。

カタカタカタカタ……。

カタカタカタカタ……。

カタカタカタカタ……。


淳一は、揺れるおしらせさんを見て、気味悪そうに言った。

「この人形、どういう仕掛け？　なんで、カタカタ鳴るの？」

「わかんない……。中を見たことないから」

「開けてみていい？」

おしらせさんに手を伸ばす淳一を必死に止めた。

「絶対に触らないで！　おしらせさんには神様が宿っているんだから、罰が当たるから！」

「神様？　罰？　ププ！　そんなオカルト、信じているんだ」

淳一は馬鹿にした。

「神様じゃないだろ。ただの不気味な人形。捨てたら？」

「だめよ。おしらせさんには不思議な力があるの。それで千歳家は助かってきたの。信じないと災難に遭うの。本当よ」

淳一が急に変なことを口にした。

「本当に、千歳家は……、腹の立つ……」

「え？」

淳一が、怒りの形相になった。

「なにが、おしらせさんだ！　自分たちだけ難を逃れて！」

「淳一さん、それ、どういう意味？」

「あの日もカタカタと鳴っていた。お前の兄貴は気にしていなかったが。どうせ、機械仕掛けなんだろ？」

「え？」

私は、兄が殺された日を思い出した。

カタカタ鳴っていたのに、家にいて侵入者に殺されてしまった兄。

田舎だったので元々カギを掛ける習慣はなかったのだが、隣家に強盗が入った後は、家にいるときでもできるだけ玄関や窓のカギを掛けるようにしていた。

あの日も、私はしっかりと家中のカギを確認してから外に出た。

それが、どこにもこじ開けた形跡はなかった。

だから、犯人の侵入経路が謎だった。

つまり、兄が犯人を招き入れたということ。

親友だった淳一なら、可能だ……。


「…………………」

「気付いちゃった？」

「え……」

「全部、俺の復讐劇だっていうことに」

私は、心臓がドキドキして苦しくなってきた。

「一体、なんの復讐だというの？」

「俺の祖父が軍手の投資詐欺に引っ掛かって大損。田畑を売って超貧乏になった」

「……」

祖父が繰り返し話してくれた軍手詐欺事件。それに、淳一の祖父も関わっていたことにショックを受けた。

「村人のほとんどが、同じ詐欺に引っ掛かって大変な騒ぎになった」

「それって……」

「お前の家に行ったとき、じじいの話を聞いたぞ。千歳家の本家と分家は詐欺に引っ掛からなくてよかった。騙された村人たちはバカだと嗤っていただろ」

「そういうつもりじゃない……」

その話を聞くのが好きで、何度もせがんだことはあるが、決して騙された村人たちをあざ笑うつもりではなかった。ただ、おしらせさんの不思議な話として聞きたかっただけだ。

「じいちゃんとばあちゃんからもよく聞かされたよ。千歳家を恨んでも恨みきれないって」

「でも、それって、自業自得……」

淳一がギロリと睨んだ。

「なんだって？」

「あ、いえ……なんでもない……」

「俺は、いつか復讐してやると考えていたんだ。それも、お前のじじいが一番苦しむ方法で」

「もしかして、うちの両親と兄は、あなたが？」

「ああ。お前の両親の車のブレーキに細工した。兄貴はバットで殴った」

衝撃の告白。

「じゃあ、私に近づいたのも？」

「ああ。お前を追いかけてこっちにきた。ここまできたら、千歳家を潰してやろうとおもってな。俺の復讐劇はこれで終わる。ようやく、終わるんだ」

優しくて素敵な彼ができたと喜んでいたのに。

殺すために近づいてきた復讐の殺人鬼だった。

カタカタカタカタ……。

カタカタカタカタ……。

おしらせさんが鳴っている。

カタカタカタカタ……。

カタカタカタカタ……。

鳴りやまない。

カタカタカタカタ……。

カタカタカタカタ……。

カタカタカタカタ……。

淳一の大きな左手が私の頭を掴み、喉には右手を掛けた。

カタカタカタカタ……。

カタカタカタカタ……。

カタカタカタカタ……。

おしらせさんは鳴りやまない。

「やめ……、やめて……」

冷淡な顔で、右手に力を込めた。

私はそのまま気を失った。


それからほどなく、外の騒がしさで目を覚ました。

「私、助かったの？」

起き上がり、周囲を見るが淳一の姿はない。

ホッとしておしらせさんを見た。

もう鳴っていない。

外では消防車や救急車がひっきりなしにサイレンを鳴らしている。

外に出ると、たくさんの緊急車両が川を取り囲み、多くの住民が不安げに川を見ていた。

何事かと見ていると、びしょ濡れの淳一が担架で運ばれていたので驚いた。

そばにいた見物人に尋ねた。

「あの人、どうしたんですか？」

「奇声を発しながら欄干を飛び越えて川に飛び込んだんだ。どうも、助からなかったようだな」

「奇声って？」

「人形が襲ってくるとかなんとか騒いで叫んで。ああいうのを発狂したっていうのかな」

「人形が……」

何があったかは知らないが、おしらせさんが助けてくれたのだ。——


これが私の体験した不思議な話。

おしらせさんは、今も私の手元にある。

あれから、カタカタと鳴ることはない。

でも、いつかまた鳴るかもしれない。
その時は、絶対に無視しないでちゃんと気を付けようと思っている。

※一部、実際に起きた事件を参考にしていますが、この物語はフィクションです。実在の個人、団体とは関係ありません。

父の愛した着物

ラグト

見知らぬ車がガレージに止まっていたので、来客中かなと思いながら玄関から入ると応接間から話声が聞こえてきました。

邪魔しても悪いと思いそっと中を覗き込むと父と向かい合って男の人がソファに座っていました。

テーブルの上には平たく大きな木の箱が置かれています。

「こちらがご所望の品物になります、お確かめください」

まるでどこかの土蔵から持ってきたかのようなその箱は、相当古いものに思えました。

父が箱を開けると、中に入っていたのは箱の劣化とは対照的な鮮やかな赤と白を基調とした着物で、その特徴的な色合いから神社などで見かける巫女の装束に見えました。

「取り敢えず二百万用意しています、足らなければ追加で」

父の口から出た金額に私は驚愕しましたが、母からは一緒に居てもつまらない男と蔑まれていた父にも熱狂する道楽があったことにむしろ安堵すら感じてしまいました。しかし、熱を帯びた父の言葉とは裏腹に男の表情は冷然としていました。

「私は依頼主からこれを確実に処分してほしいと頼まれています」

男は落ち着いた雰囲気のまま父を諭すような口調で話し始めました。

「もし、今回の横流しが発覚すれば私自身の信頼という事業の大元を失ってしまいます、わかりますね、お金ではないのです」

その言葉を聞いて、観念したように父は震える手で鞄から書類封筒を取り出しました。

「例の県営特別管理物件に関する資料です」

父は県庁の職員でしたので、県の事業に関する書類だと思われました。男は満足げな表情を浮かべると封筒を受け取りました。

「そういえば別居中の奥さんとの間には娘さんが一人いらっしゃるそうですね」

取引を終え嬉しそうに着物を見つめる父に男は不意に言葉をかけました。

「ええ、私に似ずに利発で優しい娘でして」

照れながら私のことを口にした父でしたが、何かに勘づいたように突然絶望的な表情になりました。

「あ、ああっ、まさか、そんな」

父の姿を見つめながら、男は意味ありげな笑みを浮かべました。

「そうですね、必然そういうことになります」

「……美咲、すまん」

絞り出された私の名前と謝罪の言葉にただならぬ恐ろしさを感じた私はそっと父の家を後にしました。

その後、不安ではありましたが、父にはあの着物のことを聞けないまま、一年経った私の二十歳の誕生日の前日に父は首を吊りました。遺書はなく、ＬＩＮＥに一言『ごめん』とだけ入っていました。

遺品の中にあの着物は見つかりませんでした。

美容室

ありす

いつもと違う。
それは、一本の電話からでした。

『ねぇ、明日の結婚式一緒にいかない？』

招待状も受け取って、参加に丸をつけたのにすっかり忘れていました。

「明日だっけ？」
『えっ、もしかして忘れてたの？』
「服とかはある、大丈夫だけど……美容院行かないとなぁー」

すっかり忘れていた友人の結婚式を思い出したのは、仕事の休憩終わりギリギリ。
そこから、仕事をして終わったのはいつもより少し遅い八時過ぎ。
予約もしてなくて、こんな時間に美容室なんて開いてないよな。
ほとんど諦めていた帰り道にアンティーク調のお店が目に付いたのです。

……こんなお店あったかな。

少し違和感を感じたけれど、外の看板に『ｃｕｔ』と書いてあったので背に腹はかえられず扉を開けることにしました。

「すみません、まだ大丈夫ですか？」
「平気ですよ」

お店の中には、二十代ぐらいの男性店員が一人いました。

「カットをお願いしたいんですけど」

「はい、お荷物お預かりしますね」


携帯だけを手に持ち荷物を預ける。

取り越し苦労だったみたい。

お店の中も清潔で、店員さんも普通だし……それなのになんで違和感が消えないのだろう。


「お席にどうぞ」

案内された席に座り、大きな鏡を見ると後ろに立っている店員さんと目があった。


「どれぐらい、切りますか？」

「軽くして、整えて貰えるだけで大丈夫です」

「わかりました、先にお飲み物をお持ちしますね。コーヒーで大丈夫ですか？」

「あ、はい」

席に座りながら、お店の中を見回してみるとカット用の席もシャンプー台も一つしかなかった。

「どうぞコーヒーです。すみません、ハサミ取ってきますんで少し待っていてもらえますか？」

「えっ、あ、はい」

「本当にすみません、今持ってるの……少し刃こぼれしちゃったみたいで」

そう言って見せられたハサミになぜか背筋がゾワっとしたのです。男性が奥へ入ったのを見てから、出されたコーヒーに手を伸ばした時でした。

コーヒーカップの取っ手をつかんだ私の手の上に切れた髪がたくさんついた女性の手が重なっていました。

「！！！！」

「……ぁっ、あぅ、……だ……ぅ……!!」

「キャアァァアァ――――！！！！」

恐怖と共に、その手を振りほどいた勢いでコーヒーカップを床に落としてしまいました。

床に落ちたカップから溢れたコーヒーは少し開いていた床の隙間に流れていったのです。そして、落ちていくコーヒーを誘導するように長い髪が出ているように見えました。

「……大丈夫ですか？」

私の声を聞いて男性が戻ってきたのですが、その肩に持たれるように右の髪だけが不自然に切られた女性がいたのです。

「あ、あの……」

「……ああ、コーヒーこぼしちゃったんですね。大丈夫ですよ、新しいの持ってきますから」

男性は、背中にもたれる女性には気づいていないようでした。

「ぁ……、あ……、はゃ……、ぅあぁ……」

私にしか聞こえないその声は、コーヒーカップに手を伸ばしてきた声と同じでした。

……女性が、ゆっくりと手を持ち上げて出口を指差した時。

「……ニゲ……ロ！！！！！！」

突然、張り上げられた声に体が自然と動く。

「す、すみません、急用ができちゃって……」

慌ててカウンターに預けた荷物を持ちお店の外へと飛び出した。

振り返るとお店の入り口に男性は立って優しい口調で『また、いつでも』と言いながら微笑んでいた。

私には、男性の体にもたれながら外を指差す女性と男性の足を押さえるように無数の手が絡んでいるのが確かに見えました。

なぜ、女性が『逃げろ』と叫けんだのか。

なぜ、コーヒーを飲ませなかったのか。

今ではその店の前すら通らなくなってしまった私には、わかりません。

……あのまま、私があの店にいたら……。

恐怖だけが、体に残っています。

御蔵様の木桶

緒方あきら

S君の実家は山形の山間部にある。

かつてその地方の庄屋として隆盛したそうで、大きな屋敷を構えていたという。ただ、屋敷の造りが少々奇妙だったらしい。

本来なら家主の住む母屋が一番大きく造られるはずだが、その屋敷で一番大きくて立派だったのは蔵であった。

なかでも一際大きな蔵を『御蔵様』と呼び住人は大切に奉っていたのだという。

旧盆の入りになると親族たちも集まり、御蔵様の中でお坊さんをお招きして念仏を唱えてもらう。

御蔵様の周りにはきゅうりの馬やナスの牛が用意される。

初めてS君が御蔵様の儀式に参加したのは、小学生の時だった。

左右の大きな壁には、S君の身長よりも大きな木桶がずらりと並べられている。

「右側にも左側にも、何段もね」

古いものでは何百年も前に作られた物もあり、文化財としてとても価値のあるものだと親戚が言っていた。

まだ小さなS君は大きな木桶にはしゃいだが、すぐに大人たちにたしなめられたという。

左側の木桶は蓋が開いており、大きく真っ暗な内部が黒い空洞を覗かせていた。

一方右側の木桶には蓋がされており、そのうえにいくつも重そうな石が置かれお札が貼られている。

S君はふと、儀式の最中に蓋をされた木桶から黒いものがはみ出すのを見たらしい。

影のようでもあり、粘度のある水のようでもあった。

それはずずずっ、と地面を這うようにして母屋のほうに向かっていく。そのことを両親に告げても「見間違いだろう」と否定されるだけであった。

屋敷にはお盆の明けまで滞在しないとならない。

S君は母屋の中を歩き回り、影のようなものを探した。

それは、仏間で正座をしていた――ように見えたらしい。すぐに祖父が来て言った。

「夕方には太陽が傾くけ、こんな風に影が出来る」

優しい物言いだったけれど、S君はそのまま手を引かれ仏間から連れ出された。

お盆の明けにまた御蔵様の中で儀式を行ったのだが、大人たちの顔色が優れない。

お供え物を数えては「足りない」と口々に言い交わしていた。

結局都会に帰る親族たちには、なぜかお土産にと立派なナスが配られた。


「最近になって知ったんだけどさ」

話し終えたS君が、少し間をおいて呟いた。

「あの家には、代々の先祖が入るお墓が無いらしくて……」

御蔵様の中には何があるのかは、未だに聞けないのだという。

あるべき場所に

松本エムザ

夫の海外赴任に帯同して、三年ほどアメリカで暮らしていました。駐在員の奥様方に誘われ、アメリカン・ヴィンテージの品物を求めて、ショップやモールを巡る「アンティーキング」なる趣味に目覚め、食器や雑貨をコレクションしていました。

その頃、息子の幼稚園を通じて知り合った現地の奥さんと仲良くなり、互いの自宅で子供を遊ばせている際、私のコレクションについて「古い物には魂が宿るの。イイ魂もあれば、良くない物もある。ヴィンテージを買う時には慎重にね」と、彼女がアドバイスをくれた事がありました。

神秘的にも見える青い瞳で語る彼女の話は実に説得力があり、私はそれまで購入した品々を彼女に見てもらう事にしました。

「安心して。どれも悪い邪気は感じないわ。でもコレだけは、日本には持ち帰らない方がいいかも」

そう言って、彼女はサイドテーブルに飾っていたアンティーク・ランプを指差しました。百合の花を模した釣鐘状のガラス製のシェードと、真鍮のベースが年代を感じさせるお気に入りのランプだったのですが、

「これは、この土地に置いておかないとダメ」

彼女はきっぱりと告げたのでした。


駐在を終え日本に帰国する際、良く言えば「信心深い」悪く言えば「小心者」な私は彼女の忠告通り、ガレージセールで同じ駐在員の奥様・Mさんに、そのランプを譲りました。もちろん「日本には持ち帰らないで」と念を押して。


帰国後日本で、現地で仲良くなった奥様方と定期的に再会して近況を語ったりしたのですが、Mさんと共通の知人であるKさんから、Mさんが件のランプを日本に持ち帰ってしまったという話を聞きました。約束を守ってくれなかった事に憤慨し、Mさんに連絡を取ろうとメールしましたが、なんの音沙汰もありません。

その後忙しさにかまけて、ランプの事は頭の片隅に追いやっていたのですが、久し

ぶりに先述のKさんと会う機会がありました。アメリカでの懐かしい思い出話に花を咲かせた最後に、

「……Mさんなんだけどさ」

と、Kさんは声を潜めました。

「彼女、例のランプ、アメリカ駐在する他のご家族に、現地に持って行ってもらうよう頼んだらしいよ。いらなくなったのなら日本で処分すればいいのに『絶対ちゃんと現地に届けて』って、怖いくらいに必死にお願いしてきたんだって」

Mさんの身に、何が起きたのでしょうか。なんにせよ、自業自得なので同情はしませんけれど。

ロッキン・グランパ

松本エムザ

夫の海外勤務に伴って、アメリカで暮らしていた頃の話です。

ボランティアで英語を教えてくださっていた現地のご婦人と仲良くなり、ご自宅に遊びに行く機会がありました。

ご婦人（仮にＭｒｓ．Ａと呼ばせて頂きます）のお家の地下室は、豪華なオーディオルームになっており、週末にはご主人が友人を呼んで、大好きなフットボールの試合を大画面のテレビで楽しむ為の趣味の部屋なのだと教えてくれました。

テレビが一番よく見える場所に、一脚の年季の入ったロッキングチェアが置かれているのが目に留まりました。昔の西部劇映画に出てきそうな木製のそれは、歳を経て木材が飴色の輝きを見せ、背もたれ部分の彫刻も豪華で、とても味のある一脚でした。

でも、黒を基調としたモダンインテリアでまとめていたそのオーディオルームでは、正直浮いて見えていました。

すると、私が椅子に興味を持っていた事に気付いたＭｒｓ．Ａが、その理由を話してくれたのです。

「この椅子はね、亡くなったアタシのグランパの思い出の品なの。ホントは暖炉のある部屋に置いていたんだけどね、ダメだったのよ」

確かに、暖炉の前にこの椅子があったら絵になると想像ができました。

でも「ダメだった」とは？

「夜になるとね、暴れ出したのよ。ガタガタって横揺れで。そりゃあビックリしたわ。でももしかして、グランパに何か不満があってそれを伝えようとしているんじゃないかって考えたら、暖炉の部屋にはテレビがないって事に気づいてね」

Ｍｒｓ．Ａのおじいちゃんは、旦那さん以上に大のフットボールファンだったと言います。

「で、この部屋に置くようになったの。まだたまに動くわよ。試合の時とか、嬉しそうにスイングするの。でも贔屓のチームが負けると大変。またまた夜中に大騒ぎよ」

「怖くないの？」

私の問いかけに、Ｍｒｓ．Ａは「全然。だってアタシのグランパだもん」と、大きな身体を揺らして笑い、さすがのお国柄だと感心しました。

「優しくて物静かなグランパだったのに、死んだら我がままになっちゃったのかしらね」

Ｍｒｓ．Ａの言葉に、（もしかして、椅子に取り憑いているのは、おじいちゃんではないのでは？）とも思いましたが……。

「ロックなおじいちゃんね」

ロッキングチェアにかけた私の渾身のジョークに、

「そうね、ロックね」

ウィンクで答える陽気なＭｒｓ．Ａに、悪い霊なんて憑くはずがないと、今でも信じているのです。

かえれない

閼伽井尻

「それ、触らないほうがいいぞ」

振り返ると、中年の調査員が薄ら笑いを浮かべている。

とある大学病院の敷地にて発掘調査が行われていた。

「……どうしてこんなところに、蛙の置物が？」

アルバイトの補助員が首を傾げる。

調査区のぎりぎり外側に、ひとかかえほどある陶製の親子蛙が置かれているのだった。こんなところにあっては作業の邪魔になるだろうと、補助員が気を利かせて昼休みのうちに退けてしまおうと考えた。

「願掛け蛙だよ、入院患者の。無事かえる、無事退院できますように、っていうやつだ」

道理でこの親子蛙のそばで寝間着姿の人影を見かけることが多いわけだと、補助員は納得した。

「その蛙が自分の病室のほうへ向きを変えると願掛けが叶うとか、自分の病室へ向けて願掛けをすると叶うとか、そんな謂れがあるんだ」

調査員は学生時代この大学病院で清掃のアルバイトをしていたときに、親子蛙の噂を聞いたらしい。病棟はロの字回廊になっており、親子蛙はその内庭の隅に居る。なるほど、ここならどの病室もよく見渡せる。どこにでもある安価な置物のようだが、百年以上の歴史を持つ大学病院の設立当初から、親子蛙はここに鎮座しているという。底裏には明治期に活躍した名のある陶工の銘が刻まれているとか、いないとか。

「貧乏学生には魅惑的だったなあ。あれを売って、似たような蛙の置物と入れ替える。そうすれば、日頃とても手が出ない高額な研究書が全部いっぺんに買えるだけの金になるんだから」

昼食を採ろうと、二人は病棟の地下にある食堂へやってきた。調査員が言うには、ここはちょうど親子蛙の真下に位置するという。

「この食堂の隣は霊安室だ。知ってたか？」

カレーうどんを撥ね啜りながら、調査員はところどころ抜け落ちた歯を気にするでもなく愉快そうに笑った。

補助員は漠然と思った。

この男はおそらく蛙を入れ替えて本物を売り払ったのだろう。

発掘調査の期間中、内庭は関係者以外の立ち入りを禁止している。

よそ者

松本エムザ

誠司さんは東京生まれの東京育ち。趣味のダイビングで訪れた離島の海に魅せられ、いつの日か島へ移住してダイビングショップを開きたいという夢を、三十路手前で実現させた。

島民から見れば自分はいわゆる「よそ者」だ。少しでも地元の人たちと打ち解けられるよう、誠司さんはショップの仕事だけではなく、青年団や村の集会にも欠かさず通い、島の為に貢献した。島の人に誘われれば、飲み会も二つ返事で参加する。ザルの様な連中に勧められるままに杯を重ね、帰りはいつも泥酔気味でショップ兼自宅に戻るのが常だったが、何故か毎回、道に迷った。

日中島内を散策している時から、やけに道祖神やお地蔵さんの祠、小さな神社が多い島だなとは感じていた。やはり台風や水害などの自然災害が多いからなのだろうか、と。

飲み会の夜、千鳥足で家路を辿っていると、奇妙な事に祠や鳥居の数が増えている気がしたと誠司さんは話す。

「風がね、吹いてくるんですよ。その祠や神社から。その風に背中を押されるように、ふらふらと角を曲がりたくなって」

気がつけば小路に迷い込んでしまい、空の星を道標にする事も幾度となくあったと言う。

それは月も星もない曇天の夜だった。明朝、本島からダイビング客が来る予定だったので、その日の飲み会はひと足先に上がらせてもらったのだが、またしても道に迷ってしまった。頼るべき物も空には視えず、ひたすら勘に任せ、文字通り『風の吹くまま』に歩いた。しかしその夜は歩いても歩いても　、自宅に辿り着く事が出来なかった。

翌朝、誠司さんは見知らぬ神社の祠で目が覚めた。日の出の太陽の位置を目印にショップに戻り、無事お客さんを迎える事が出来たが、それから五日間ほど、発熱と嘔吐で寝込む事になってしまった。

「スライム？　あんな感じの緑の粘着物を延々に吐いてました。あれ、なんだったんでしょうね」

神社の事が気になり、その後明るい内に捜したが、ついに見つける事は出来なかった。

次の飲み会で、その話を青年団の仲間にしたところ、そんな神社には心当たりがないと皆は口を揃えた。

だが明らかにその日以降、島の人達の誠司さんへの態度が変わった。飲み会の誘いもぱったり減り、道で遭ってもよそよそしく、距離を置かれるようになってしまった。

結局、誠司さんは三年も持たず、店を閉め本島に戻った。

「島に、嫌われちゃったんですかね？」

誠司さんは、寂しそうに笑った。

雄島

三石メガネ

数年前、同僚のO君に聞いた話だ。

地元には雄島という有名な心霊スポットがある。同じく有名な東尋坊は自殺の名所でもあるのだが、そこから飛び降りた自殺者の遺体が流れつくところが雄島というわけだ。

本州から雄島までは、長い橋が架かっている。この橋が妙に赤い。ちょうど夕暮れ時に行ったからか、ここまで鮮やかでなくてもと思うくらい赤かったそうだ。

渡り切ると、島の入り口に鳥居がある。ここでO君とその友人三人は、とある悪ふざけをしたらしい。

雄島は『時計回りに歩かねばならない』と言われている。反時計回りに進むのは良くないらしく、呪われるとも死ぬとも噂されていた。

すっかり日暮れた雄島は不気味で、O君は正直やりたくないと思っていた。だが友人たちに流され、皆で島を反時計回りに回ったらしい。

鬱蒼とする島を、懐中電灯で照らして進んだ。しかし噂は噂、何事もなく回り終えて、無事最初の地点まで戻ってきた。

そのときだ。

「うっわ！」

O君は思わず声を上げた。いきなり携帯電話が鳴ったのだ。友人に笑われ、恥ずかしい思いで電話に出る。知らない番号だった。

「はい」

『うえに……す。上に……』

電波が悪いせいか、声が多重に聞こえるような感じで聞き取りづらかったという。性別も分からない。誰だと訊いても、うわ言のように同じ言葉を繰り返されたという。

「ただの間違い電話だろ」

気味が悪くなり友人たちに訴えたが、また笑われた。電話口ではさらに知らない人が繰り返す。

『もっと上……っと……います』

なんてタイミングのイタズラ電話だとO君は怒った。

彼らは皆、島の入り口の鳥居まで来ていた。O君はイタズラ電話の声が気になり、何の気なしに鳥居を見上げる。

頭より随分と上に、つま先が浮かんでいた。

三人分の首吊り死体が、頭上でずらりと並んでいたのだ。

叫び声をあげ、友人たちが逃げた。O君も腰を抜かしそうになりながら、よろよろと逃げる。

並んだ死体のうち一体は、手に携帯電話を握りしめて逝っていたそうだ。

「当時はかなり騒がれたんだよ」

もっとも集団自殺の話題だけで、電話の件までは触れられなかったという。

後でO君が携帯電話を確認したら、着信履歴が残っていなかったらしい。

「そのかわり、友達が撮った橋の写真は残ってた」

両端に広がる黒い海から、手のような白い光が無数に橋へと伸びていたそうだ。

異界迷宮

夢野津宮

京都のY神社で、節分祭を見物した時の事だ。

Y山の頂上にあるY神社を目指して、地図を見ながら登山口を探していた。地図によれば、神社の大鳥居は、山の北西に在るようだった。

山の上からは、お囃子が聞こえて来る。

暫く歩くと、山の西側に朱の鳥居と山頂に登る階段を見つけた。地図を確認すると、北西の大鳥居にはまだ距離があるようだった。だが、見た所、この階段からでも山頂の本殿に上がれそうだ。

鳥居の写真を一枚撮ると、その階段を登り始めた。

途中、私の前方を登っていた二人の男性が、背後の私に気付くと突然驚いた表情を見せ、階段の脇に避けて道を譲ってくれた。

階段を登り切ると、右手、つまり南側に本殿があった。

本殿で参拝を済ませて、山の南側斜面から参道を下って行くと、大きく時計回りに曲がっていて、やがて大鳥居のある山の北西に到着した。

そして山の麓の広場で追儺式を観覧して宿泊先に戻った。

しかし宿の風呂に浸かりながら、ふと疑問に思った。

山頂の南側斜面から、時計回りに下って北西に到着したならば、途中であの西側の階段と交差するのではないか。

旅行から帰宅して数日後、現像された写真を見ると、あの朱の鳥居の階段を撮影した写真だけが見あたらなかった。

大鳥居

夢野津宮

母と一緒に、泊りがけで京都府に旅行した時の事だ。

夕方、伏見稲荷大社に到着して、大社の前にあるコンビニで夕食を買い込んだ。

黄昏時の大鳥居が、ポッカリと異界への口を開いて待ち構えていた。

先にコンビニを出た私は、まだ精算を済ませていない母を待つため、参道の隅で煙草を吸っていた。

やがて母はコンビニから出ると、訝しげな表情で言った。


「気を付けて。電柱の影に怪しい人が居る」

電柱に視線を送ろうとすると、

「よしなさい、見ちゃダメ」

怪しい人物に、こちらが気付いている事を、気付かれるのは拙いという事か。

そこで、さり気無く視界の隅に電柱を入れて確かめてみたが、どうも不審な人物など見当たらない。

「誰も居ないじゃん」

そう伝えると、母は頑なに不審者が居ると訴える。

どんな人物なのかと問うと、上手く形容出来ない様でしどろもどろだ。

その内、横目で電柱を視ながら「こっちに来た」と不審者でも訝しむように怯えた表情をする。

腑に落ちない私は、見えない不審者を触ってやろうと、虚空に腕を振り回した。

「やめなさい！」

慌てた母に、制止された。

たぶん、母には幽霊でも見えているのだろう。
そう思って、鳥居の中に入ろうと提案した。
怪しの物ならば、鳥居の中までは入ってこれないだろう。
そう言うと母も納得してくれて、二人で鳥居に向かった。

「まだついて来る？」
「もうついて来ない」

大鳥居の向こうは異界、否、神界なのだ。

猫ぎらい

松本エムザ

Tさんのお母さんは、大の猫嫌いだった。

彼女が子供の頃、以前から職を転々と変えていた父親が、一獲千金を狙い、その土地で多くの成功者を出している『養鯉業』に手を出した。しかし、あらゆる物を担保に入れて買い集めた錦鯉の幼魚を、何度も野良猫に襲われ全滅させてしまい、山のような借金が残ってしまった。そのためTさんのお母さん一家は、日々の食事にも困るほどの貧しい暮らしを送る羽目となった。

その後、Tさんの祖父に当たるお母さんの父親は、親戚を頼って造園業の親方に就き、なんとか生活を立て直す事が出来たが、爪に火を灯すような辛い子ども時代を送る原因を作った「猫」という存在が、憎くて憎くてたまらないのだと、Tさんは小さい頃から母親に聞かされて育った。

「なのに、お盆とかに母親の実家に泊まりに行った時に、家の中で猫の鳴き声が聞こえてきた事が、何度かあったんだよね」

猫嫌いだと言っていたのに、この家では猫を飼っているのかと不思議に思い、母や祖母に尋ねると、二人とも声を荒げて「そんなワケがない」とTさんを叱るので、Tさんも深く追求しなかったのだが、夜寝る前になると母が「夜中に外で猫が鳴いても、絶対雨戸を開けるんじゃないよ」と、何度も念押ししてきたのも、よく考えると奇妙だったと、Tさんは回想した。

「この間、本家の法事で親戚が集まった席で、皆にその話をしたんだけど」

Tさんの話を聞いた親戚たちが「さもありなん」という顔つきで、目配せをして頷き合っているのを不審に思い、その理由を問い詰めたところ「おめさんとこは、ふっとつ（たくさん）猫を殺してきたけなぁ。恨まれてもしょうがねぇんさ」と、耳を疑うような事を憐れみと軽蔑を込めた口調で告げられた。

それは一体どういう事かと重ねて聞くと、Tさんの祖父や祖母はその昔、鯉を全滅させた猫を懲らしめてやろうと、近所に毒入りの餌をまくという暴挙に出て、地元の住民や親戚一同から非難を浴び、絶縁に近い状態だったのだと聞かされた。祖父も祖母もそして母も、還暦にも届かずに逝ってしまったのはそれが原因に違いないと、T

さんは皆から強く祈祷やお祓いを薦められたと言う。

「呪いとかを信じているわけじゃないけれど、あの家で確かに聞いた猫の声を思い出すと、なんか辛くてね」

Tさんはそれ以降、猫の保護活動を支援する団体へ、定期的に寄付をするようになったのだと話を締めた。

猫屋敷

松本エムザ

「猫屋敷」と呼ばれる家があった。

通学路の途中の四つ角に建つその家は、あの頃にはまだ珍しかった洋風の建築物で、屋根には風見鶏、壁には蔦が這い、正に「お屋敷」の名に相応しい外観をしていた。

「猫屋敷」と呼ばれた所以は、もう長らく人が住んでいないその空き家に、多くの猫が棲みついているからだと聞いていたが、家の周りで猫の姿を見かけることは、これまで不思議と一度もなかった。

「それでもたまに、鳴き声が聞こえてくるんだって」

下校班が一緒の男の子がそう言ったが、友達とワイワイ賑やかに帰る道すがらでは、その鳴き声を聴き逃がしてしまっていたのかもしれない。

そう思った私はある日、いったん自宅にランドセルを置いてから、再び独りで煮干しを手に猫屋敷へと偵察に向かった。

猫の鳴き真似をしたり、口笛を吹いたりしながら、耳をすましつつ家の周囲をうろついていた。するとどこからか、

「みゃあぁぁぁ、みゃあぁぁぁ」

という弱々しい鳴き声が微かに聴こえてくるではないか。

子猫か？　子猫がいるのかと浮き立ち、窓から家の中をのぞこうと背伸びをしたところ、

「コラ！　他人様の家に勝手に入っちゃいけません」

近所のおばさんに見つかってしまい、すごすごと退散する羽目になった。

それからも猫屋敷の近くを通った時、ふとした機会にあの子猫の鳴き声の様なものを耳にすることが幾度かあったのだが、その周囲で、猫を目撃する機会は最後までなかった。

小学校を卒業すると、その道を通る事もなくなり、数年後には進学の為に故郷を離れた為、私の中の猫屋敷の記憶も薄れていった。

再び私が猫屋敷の事を思い出したのは、先日はじめての子供を出産した際だった。小さく産まれた息子は、細い身体で弱々しく泣いて乳を欲しがった。その泣き声を聞いて、ようやく私は気づいたのだ。

あの頃、猫屋敷で聞いた「みゃあぁぁ、みゃあぁぁ」というか弱い鳴き声は、猫ではない。生まれて間もない、赤ん坊の声だったのだと。

あの日、窓から覗いた部屋の中に見えた、色褪せた布が掛けられた家具の中に、ぽつんと置かれた揺りかごがあった。西洋の昔話に出てくる様な籐で編まれたそれは、もちろん中は無人だったが、何故かゆっくりと揺れていた。

引き出された記憶に、鳥肌が立った。

猫屋敷は現在では取り壊され、その跡地には大きなマンションが建設されたという。

R．I．P

松本エムザ

結婚を機に、東京から北関東の奥地へと移り住んだ。電車やバスなどの公共の移動機関はほとんど機能しておらず、ほぼ自家用車で生活する日々。自宅近くの車の往来の激しい国道では、小動物の轢死体、特に猫のそれを目撃する事が度々あった。

「可哀そうに」

何気なくそう呟くと、ハンドルを握る旦那によく叱られた。

「そういう風に思っちゃダメ。奴ら憑いてきちゃうから」

そうは言っても可哀そうなものは可哀そうである。非常な事を言う男だな、と友人のR子さんに愚痴ったところ「いや、旦那さんの言う事は正しいかも」と、こんな話をしてくれた。

R子さんのお子さんがまだ赤ちゃんの頃、運転中にR子さんは路上の隅に、車にはねられたらしき猫の亡骸を見つけた。動物好きのR子さんは「ああ、可哀そうに」と声に出して小さな死を憐れんだ。瞬間、チャイルドシートですやすやと眠っていたお嬢さんが、突然火がついたように泣きだした。

その時にはさほど深く考えなかったのだが、数ヵ月後、再び同じ現象が起きた。ごきげんで車に乗っていたはずのお子さんが、急に大声で泣き出したのは、R子さんが車窓の向こうに、道に横たわる動かぬ猫を見つけ、(可哀そう) と感じたのと同時だった。

「そういえば、こんなこと前にもあったなって、その時からちょっと気に掛けるようになったのね」

決定的だったのは、お子さんが二歳を過ぎておしゃべりが出来るようになってからの事だった。

「気をつけようと思っていたのに、道端に放置された猫ちゃんの亡骸が目に入ったら、やっぱり反射的に『可哀そう』って思っちゃったのね。そしたら」

後部座席に座っていたお嬢さんが突然、

「ぽんぽん、いたいっ! ぽんぽん、いたぁぁいっ!!」

と、お腹を押さえて絶叫し始めたのだ。

「……はねられた猫の死体、お腹の部分がグチャグチャになっていたんだよね」

三回とも、お嬢さんは数分もすると、ケロリと何事もなかったように、大人しく車に乗車していたと言う。

それからというもの、R子さんは哀れな轢死体を目撃したとしても、心を無にして
「安らかに」

とだけ思うようにしているそうだ。

以来、お嬢さんがいきなり泣き出すようなことは起きていない。

「安らかに」が効いているのか、不思議な力が落ち着くような年齢にお嬢さんが達したからなのか、よくは分からない。

一緒にいた子供

雪鳴月彦

職場で働く加藤さん（仮名）という方から聞いた話。二十年程前の夏、加藤さんは兄夫婦の誘いを受け山へ遊びに行った。当時加藤さんは独身で、兄夫婦には五歳の男の子が一人おり、その子は目的地に到着するとすぐに目の前にあった川で遊び始めたという。

少し離れた場所では大学生らしきグループがいて、彼らもまた水浴びを楽しんでいる様子だった。

——結構人が来る場所なんだな。

加藤さんはそんなことを思いながら、兄夫婦とバーベキューの用意を手伝っていた。

そうして、二十分程が過ぎた頃、ふと川の方を窺うといつの間にかもう一人、同じくらいの年齢と思しき男の子がいて、甥っ子と一緒に遊んでいる。

——ああ、あっちのグループにも子供を連れてる人がいるのか。

遊び相手がいてくれるのはありがたいし、向こうのグループも特に咎めようとしている気配はない。

兄夫婦も微笑ましそうに眺めるだけで、注意をすることもなかったため、加藤さんもそのまま遊ばせておけば良いやと、その時はそれ以上気にもしなかった。

やがてバーベキューの準備も整い、そろそろ食べようかとなった頃、兄が子供がいなくなっていることに気がついた。

向こうのグループの元へ行ってるのかと思い様子を窺うも、やはり姿はない。不思議に思い確認へ行くと、そのグループは大学サークルの集まりで子連れは参加していないと言う。

おかしい。全員がそう思い、サークルの人たちにも手伝ってもらいながら甥っ子を探すと、暫くして少し下流の方でうつ伏せの状態で顔だけを川の中へ沈めて死んでいる甥っ子が発見された。

それはまるで、誰かに押さえつけられ、無理矢理顔だけを沈められて殺されたような、おかしな死に方だった。

一緒にいたはずの謎の子供もどこにもおらず、結局見つかることはなかった。

更におかしなことに、その謎の子供がどんな容姿をしていたのか、それを思い出そうとしてもあの場にいた誰もが、何故か思い出すことができなくなっていたらしい。

服装も、髪型も、声も、確かに見聞きしたはずなのに、全てが曖昧となりただ子供の形をした残像がいた、というイメージしか思い出せなかった。

「きっと、ああいうのを死神って言うのかもな。甥は多分、あの子供に連れていかれたんじゃねぇかって……、今でもそうとしか思えねぇんだわ」

加藤さんは、何とも言えない表情でそう最後に締めくくった。

ゆきだるまいたよ

松本エムザ

Ｋ子さん家族にとって、それは初めてのキャンプ体験だった。

二歳の息子さんに自然と親しむ機会を作りたいと、Ｋ子さんのご主人は張り切ってキャンプ用品を揃え、万全の体制でキャンプに臨んだ。


予約した川沿いのキャンプ場にチェックインを済ませ、テントを設営し、Ｋ子さんが夕飯の準備をしている間に、ご主人と息子さんは川べりの散策へと出掛けた。

支度を一段落させ、Ｋ子さんも河原へと向かった。夏休み前の週末だからか、キャンプ場は意外に利用者が少なく、川のせせらぎや鳥の鳴き声などを存分に堪能することができた。

「ママー」

ご主人に手を繋がれた息子さんが、川上から戻ってくるのが見えた。満面の笑みの息子さんとは反対に、ご主人は沈んだ顔をしているように見える。待望のキャンプなのに、どうしたのかしら？　などと考えていると、息子さんがK子さんに
「あのね、ゆきだるまいたよ」

と、嬉しそうに報告をしてきた。

「雪だるま？　こんな季節に？」

「こぉんなね、おおきいの。おおきい　ゆきだるま」

両手を広げ、一生懸命話す我が子。七月のこの時期に何を見てそう言っているのかと、K子さんはご主人に尋ねようとしたが、ご主人は真っ青な顔をしてガクガクと震えており明らかに様子がおかしかった。

「どうしたの？」

「……違う、違うんだ」

「何が？」

「……雪だるまなんかじゃない、死体だった。ぶよぶよにふやけた水死体だったんだ」

「何それやばいじゃん、警察に連絡しなきゃ」

「違うんだって！」

日頃穏やかなご主人が放った大声に、Kさんはただならない事象が起きているのだと確信した。

「歩いていたんだよ！　そいつ！　ずいぶんと太った人が、向こうから手を振って歩いてくるなって、俺たちも手を振り返して挨拶したんだけど、近づいて良く見たら、そいつ、そいつ……」

「ゆきだるま、てぇ　ふってくれたねぇ」

慌ててK子さんは、二人が戻って来た方角を確認するが、日が暮れ始めた河原は『たそがれ＝誰そ彼』の言葉通り、ぼんやりとして良く見えない。

こんな場所で夜は過ごせないと言い張るご主人に根負けし、テントを撤収して自宅へ戻り、さんざんなキャンプデビューになってしまったのだとK子さんは苦笑した。

「初めてのキャンプ体験のつもりが、初めての心霊体験しちゃいましたよ」

K子さんのご主人は、揃えたキャンプ用品をネットで売り払い、その日からいっさい川魚は口にしなくなったと言う。

何かが山から

松本エムザ

Ｒ君が卒業した中学校では、三年生が近所の川の源流を辿って学校の裏山を登るという課外授業が毎春行われていた。授業では毎年Ｔ田さんという初老の男性が、ボランティアで指揮をとってくれていた。

獣道のような山道を、Ｔ田さんは見事な健脚ぶりで進んでいく。この授業はＴ田さんなしでは成立しないらしく、Ｔ田さんが盲腸で入院した年には中止になったという。それほど道のりが難解なのかと思えば、どうも理由はそれだけではないらしい。道なき道にもかかわらず、道中には小さな祠や神社、石仏や道祖神があり、Ｔ田さんはそれらを通るたびに「山に入らせてもらっている御礼をしようね」と、生徒たちに手を合わせさせた。そして何度も、

「山は下山の方が大変だからね。体力は温存しておいてね」

と、下山についての注意を促してきた。

ついに川の源流点に着き、その小さなせせらぎに声をあげた後、いざ下山となった際に、T田さんは生徒たちにこんな忠告をした。

「帰りは少し急ぐよ。最初の坂では、私がイイと言うまで振り向かないで一気に下ること。約束ね」

そこは少し広めの落ち葉がたまった坂道で、生徒たちは面白がって滑るように走ったが、R君は妙な胸騒ぎがして、坂道を下りながら背後を振り返ろうとした。すると

「見るなっ！」

最後尾にいたT田さんに、驚くほど激しい声で叱責された。

「そのときチラッと見えたんです。雨雲みたいな灰色の塊が、幾つも転がってきているのが」

坂道を過ぎるとT田さんは先頭に立ち、山岳レースかと思うスピードで全員を下山させた。

その坂道からの行程が毎年違っており、そしてその判断はT田さんにしか出来ない

のだと、R君は同行の教師に後から聞かされたという。

R君はOBなどからも話を集め、『山から何か憑いてきてしまわないように』T田さんは毎年道案内をしてくれていたのだという結論に至った。聞けばT田さんは、地元では『拝み屋』としても名が通っているらしい。R君が見た灰色の塊の他にも『振り返るな』と言われた坂道では、「白髪の老婆」や「着物を着た子どもの集団」などを目撃した噂もあった。T田さんが高齢を理由に引率を辞めてからは、この課外授業は行われていない。同校では生徒数の減少が著しく、閉校の案も出ていると言う。

「不思議なモンが棲む山に護られているんだから、できれば残って欲しいんですけどね」

思い出を噛みしめるように、R君は目を細めた。

天狗の山の神隠し

夢野津宮

子供の頃、確か小学生一年の時。学校から、そう遠くない○○山の山頂にある神社まで遠足に行った。

神社の境内でお昼を迎え、お弁当を食べ終わった頃、一人の山伏が近付いて来て、私に語りかけた。

「一緒に来なさい」

訳の分らないままそれを断ったところ、山伏は、次に加藤君の所に行き何やらボソボソ話している。

山伏と加藤君が何を話していたのか分からない。

加藤君の姿が見えない事に気付いたのは、帰りのバスの事だ。しかし、一年生全てを輸送するバスは数台ある。

他のクラスのバスに紛れているのだろう。

それくらいにしか思わなかった。


最近、加藤君の姿を見ないな。そう思い始めたのは、遠足から帰って数日経った頃だ。風邪か何かで、ずっと休んでいるのだと思っていた。

ふと、クラスメイトに加藤君の話をしてみた。

「誰それ」

誰に聞いても、同じ答えが返ってきた。

狐につままれた様な気分だった。

つい先日まで一緒に通学していたクラスメイトを、誰一人として記憶していないのだ。教師にも、加藤君の安否について訊ねてみたが、

「そんな生徒は知らない」

と言うばかり。

加藤君は消えてしまったのだ。

あの○○山に、神隠しの伝説があると知ったのは、成人してからだ。

神隠しの伝承を知って、あの加藤君の事を思い出した。

彼は、神隠しに遭ったのではないのか。

そして、誰の記憶からも消えてしまったのではないか。

しかし、私の記憶には、しっかりと加藤君の存在が残っている。

合理的に考えれば、あれはイマジナリーフレンドだったのだろう。

イマジナリーフレンドとは、心理学でいう「空想の友人」の事だと云う。子供に良く見られる症状で、非実在のキャラクター、例えば自分で創り出したキャラクターや、玩具の人形と、交流や会話をしたりする。

そして自我が確立される六、七歳頃になると、自ずと消えてしまう。

小一（六歳）だった時に交流があり、その後消えた加藤君はイマジナリーフレンドで、私の自我が確立されたために消えてしまった。

私のイマジナリーフレンドだから、誰も加藤君の事を知らなかったのだ。

ただ。
あのイマジナリーフレンドに話しかけていた山伏は何者だったのか。
あの山伏は、加藤君に話しかけていた。
山伏には加藤君が見えていたのだ。

それを考えると、この仮説は、根底から崩れ去る。
加藤君は、やはり神隠しに遭ったのかもしれない。

首護る者

松本エムザ

「S君の家に行くの、イヤなんだよな」

小学生の息子が、ため息混じりにそう呟いた。近所に住むクラスメイトのS君とは仲が良いと聞いていたのに、ケンカでもしたのかと問えば、

「S君はイイやつだよ。あの家が、苦手なんだ」

と、どこか不安げに息子は答えた。

病気がちのS君が欠席する度に、息子は学校のプリントなどを彼の家に届けていた。

「もしかして、玄関のアレが怖いの？」

地区の子供会の集金で、私も訪ねた事のあるS君の家を思い出す。築年数の長さを感じさせる日本家屋の引き戸を開けると、玄関の壁に見事な角を有した鹿の頭の剥製が飾られていた。その毛並みや堂々たる角には、今にも動き出しそうな生命力が感じられたが、その反面、身体から無残にも切り離された首と光を宿さないガラス玉の瞳

はまざまざと「死」を見せつけて来る。そのアンバランスさは、子供にとっては恐怖だろう。

「たしかに、あの鹿の頭も不気味なんだけど」

息子は、S君宅のおばあちゃんが怖いのだと言う。

「いつも玄関にいて、泣きながら鹿の首をなでているんだよ。『かわいそうに、かわいそうに』とか言って。でもS君もS君のお母さんも何も言わないんだ。見て見ぬふりなんだよ」

その光景を想像してみた。認知症でも患った義母か実母だろうか。

「この間はね、S君とS君のお母さんに『まつだいまでたたってやる』なんて、怒鳴ったりしてね。すごく気分が悪かった。ねぇ『まつだい』ってどういう意味?」

末代、か。自分の孫や家族に向かって、そんな言葉を吐いてしまうとは、なんともやり切れない。

後日、授業参観の際に、以前よりやつれた印象のS君のママを見かけて声を掛けた。

「S君のお宅はどちらかのお母さんと同居なの？　大変ね」

労いの言葉を伝えると、S君のママは不思議そうな顔をしてこう言った。

「ウチは、主人と息子の三人暮らしよ」

その後S君は小学校の卒業を待たずに、親戚の家のある関西へと越していってしまった。お母さんが若い男と家を出た挙げ句、お父さんが病気で急逝してしまったからだという。

S君宅はしばらくそのままだった。町内会の役員さんの話だと、家具も何もすべて残されたままらしい。

なんとなく気味が悪くて、S君宅を避けるように過ごしていたが、ある日通るとそこはすっかり更地に変わっていた。まるで、なにごとも無かったように。

果たして、あの鹿の頭の行方はどうなったのであろうか。

夢の遊戯室

ラグト

私は大学の学費を稼ぐために雀荘の店員として働いていたときがありました。

うちのお店はレートも高めで正直きつい環境ではあったんですけれど、がんばる私の姿を気に入ってくれたのか店長や常連のお客さんは優しく接してくれました。

働いてみてわかったんですが、雀荘というのは夢の遊戯室だと思うんです。ほら、子供達が遊園地のようないわゆる夢の国で楽しく遊ぶじゃないですか、それの大人版です。

だから、私もお客さんに心地良く楽しんでもらうために努力したんです。

孫に財布から金を盗まれて消沈していたおじいさんには愛くるしい孫娘を演じてあげましたし、娘と会話のなくなったお父さんには自分が父親を早くに亡くしたから本当のお父さんみたいに思っているように装うとすごく喜んでくれました。

でも、長時間麻雀を打っているとやっぱり集中力が続かないときがあって、ある日疲れと眠気で意識が飛びかけたときがあったんです。

そのとき、気が付くと右前に座っていた常連さんが突然白い布に覆われていたんです。

そのお客さんの首には縄がかかって上に引っ張られているような感じでした。ちょうど雨の日に吊るす『てるてる坊主』のような佇まいです。布にすっぽり覆われて顔は見えないんですけれど、その常連さん結構太っていてシルエットはそのままだったので、同じ人には見えました。

お客さんがその変な姿に見えたのは意識が飛びかけたほんの数瞬だけだったんです

が、その人そのとき麻雀ですごく負けてたんです。こういうレートの高めの雀荘って負け始めるとお金がなくなるの意外に早いんです。

それで嫌な予感がしたので、いつもやってるようにそのお客さんが好きなロボットアニメのヒロイン風に励ましてあげたんです。

私の許可なく死ぬなんて許さないからねって。

でも応援の甲斐なくその常連さんそれから来なくなったんです。

夢の遊技室で楽しく遊んだ後は厳しい現実が待ってることが多いのかもしれませんね。

私のこと気に入ってくれた常連さん達には感謝してますよ、私が両親を早くに亡くして、学費どころか生活費にも困ってると身の上話をするとわざと勝たせてくれることもありましたし、ずいぶん稼がせてもらいました。

まあ、お客さんは夢の中での遊びだったかもしれませんけど、私はずっと現実の中で仕事してましたからね。

とりかえ長男

閼伽井尻

最期まで穀潰し扱いを受けていた男が死んではじめて、この人物が祖父の兄であったと彼女は知った。

ここでは仮に春子さんと呼ぶその女性の生家は、戦前祖父が興した商売を長男である父が継ぎ、親族一同で経営を支える商家であった。店の並びには羅城門跡址を囲む小さな公園があり、通りを進むと都の鎮護である東寺に到る。

祖父は困窮から裸一貫で商いをはじめたと聞くが、以前はそれなりに栄えた家だったという。いまは学校や病院の建つあの土地この土地も、もとは××家のものだったのに、と祖母はよくこぼしていた。祖母の恨み滲む目はいつも穀潰しの男を射殺していた。当の男は庭の厠そばに建てられた粗末な小屋で寝起きし日中はどこぞへとふらふら出歩いていた。

親族の誰しもが男を「あの」とか「あれ」と呼んでいたため、葬儀ではじめて男の名を知った。そして弔辞で祖父が「この度は兄の……」と言うのを聞き、驚いた。生前の扱いも奇妙だったが、なにより死んだ男の姿は祖父より年嵩だとは到底思えなかったからだ。春子さんには父と同世代か、少し上くらいに見えていた。

祖父の名には「一」の字が入っており、当然長男なのだと思っていた。そして男の名に漢数字はない。男が死んでずいぶん年を経てから、ふとしたおりに疑問を口にすると、近頃いっそう祖父の面影を濃くする父が語ってくれた。

身重の曾祖母が日々近道だろうと羅城門跡を通り抜けていたことが見咎められた。曾祖母は嫁いできたばかりで当家の習わしを知らなかったのだ。生まれた子には、家系のなかで早死にした子の名をあえてつけ、ついですぐに春子さんの祖父となる男児を成し、「一」のつく名を与えた。こうすれば先に生まれた子にかわって「一」のつく子が実質長男になる。これを「とりかえ長男」というのだそうだ。

腹のなかで羅城門をくぐった子は鬼となるという迷信のとおりに、先に生まれた子は長じて一族の財を食い潰した。怪しげな投資話に次々騙され、選挙神輿に担ぎあげられ棄てられ、あっというまに莫大な借金をこしらえた。祖父がいまの商売を興しようやく食べていけるようになってからも、厠横の小屋でこそこそと朝鮮人参の輸入売買に手を出していたらしい。あの異様な若さはあるいは朝鮮人参の効用なのか、それとも鬼たるゆえんなのか。

　春子さんの生家の蔵には、いまも男が遺した朝鮮人参のビラが山と積まれ朽ちている。

Sちゃんのママ

三石メガネ

十年ほど前、親戚の葬式のときの話だ。

亡くなった女性には二歳の子供（Sちゃん）がいた。夫もいたのだが、喪主もするし精神的にも修羅場だしで、娘から目を離してしまったらしい。当時九歳だった私が気づいたときには姿が見えなくなっていて、周囲の大人たちが慌てていた。

田舎の本家のだだっ広い日本家屋だ。隠れるところは山ほどある。その二歳児とはほとんど面識がなかったので大した心配もしていなかったのだが、その場の空気で私も何となく捜索を始めた。

うろうろと探していると、しばらく誰も使っていなさそうな、汚い取っ手の引き戸があった。中から、きゃっきゃっと子供の声が聞こえる。なんとなく嬉しくて戸を開けると、薄暗くてホコリっぽい和室だった。二歳の子が何かを抱きしめながら遊んでいる。

「もう、探したよー」

振り向いたSちゃんを見て、ぎょっとした。

手と足が一本ずつ折れた、二十センチほどの木製人形を持っている。絵の具が剥げてまだら模様になっているのだが、それがまるで血に塗れているように見えた。こけしに似た薄い顔が黒で描かれている。けれどなぜか、目だけは赤く塗られていた。

「うわ、な、なにそれ」

思わず引きつった声で訊くと、嬉しそうな声でSちゃんが答えた。

「ママ」

「えっ?」

「ママ」

しっかりと私の言葉に答えたのに、その目は私を見てなかった。この部屋のどこも見ていないような虚ろな目だ。口の端をニイッと吊り上げたように笑っている。

「……ママは、いないよ……」

そう返すのが精一杯だった。けれど、その後もずっとママ、ママと嬉しそうに繰り返している。

そのうち大人が来てSちゃんと私を見つけ、何事もなく部屋に戻った。相変わらずSちゃんは笑顔だったけれど、ゾッとするようなあの顔ではなかった。

結局あの人形は抱いたままで、明るい部屋で見るともう怖さは感じなかった。ただ、なぜか手足は折れていない。

あんなの見間違えるものだろうかと近づいて、私は絶句した。

目が、ちゃんと黒かった。


数年後に知った話では、Sちゃんの母親の死因は交通事故だったそうだ。死因は内臓破裂だが手足の損傷もひどく、一本ずつ千切れていたらしい。

ママ、ママ、という声を思い出して再び戦慄した。

結局あれは何だったのだろう。

思い出すたび冷や汗が出て、今さら誰にも訊けないままだ。

私じゃない

ラグト

何かが張りさける気持ち悪い音がしました。

うちの団地のすぐ目の前で猫がバイクにひかれました。

その日は夏休みのプール開放日に出て行った小学校からの帰りでした。

犯人はこの辺りでよく見かける暴走ライダーでしたが、一旦止まってつぶれた猫をちらりと見ると爆音を立てて走り去っていきました。

私は気持ち悪かったのですが、そのままにしておくのもかわいそうと思い、スコップを持ってきて道の脇に穴を掘りました。

猫の体をスコップで持ち上げてそっと穴の中に入れ、穴を埋めようとしたときでした。

猫の目がかっと見開いて私の方を睨んだような気がしました。

スコップで持ち上げたときにぴくりともせず、当然死んでいると思っていた私は驚いて体が固まりました。

しばらく様子を見ていましたが、やはり死んでいるようだったので穴を埋めて家に帰りました。


その日の夜から私は体調を崩しました。

微熱とめまいが止まらず、翌日病院にも行ったのですが夏の疲れと診断されました。

猫を埋めてから二日目の夜、私は気持ち悪さで夕食を吐き出しました。

両親は共働きでその日の帰りは二人とも遅く、家に一人でいた私は倒れるように横になりました。

布団の上で測ってみた体温計は四十度を示していました。

元気が取り柄だった私にとって初めて体験する症状に恐怖すら感じました。

体の熱さにうなされていると突然バチンと部屋の灯りが落ちて真っ暗になりました。

次の瞬間、あおむけに寝ていた私のお腹の上に何かが乗ってくる感触がありました。
驚いて起き上がろうとしますが、体が金縛りにあったように動きません。

オギャー！

生臭い匂いとともに猫の怒りのうめき声が響き渡りました。
恐ろしさで私はどうにかなってしまいそうでしたが、それでも私じゃないと叫び続けていました。
そのとき、窓の外から例の暴走バイクの爆音が聞こえてきました。
私の上の黒い影はその爆音に気が付いたのか窓の外と私の顔を交互に見ました。

ま～お？

先ほどとはうってかわって困ったような声をあげると影は煙のように消えてしまいました。

呆気に取られていると部屋の電気が再び灯りました。

それだけでなく今まであんなに苦しかった体の不調が嘘のように消えていました。


その日から私は猫のことが苦手になりました。

簡単に呪う相手を取り違える……そのことが怖くてしょうがなかったのです。

せめてあの猫の呪いが次は本当の犯人に辿り着いてほしい……そう、思わざるを得ません。

黒いドレッサー

真山おーすけ

社長の知り合いが急に亡くなり、遺品整理で多くの不用品を引き取って来た。
家具はアンティーク品で、それはもういかにも高そうなものばかりだった。
会社の倉庫に運び込み、いつもなら傷があれば可能な限り修理をして売るのだが、
今回はそのままでいいと指示された。
見る限り、大切に使われていたようで傷もないようだけど。

その二日後には、家具のほとんどが付き合いのあるリサイクル店に売られていった。
だが残された物もいくつかあり、その中に一つ気になるものがあった。
珍しい丸い鏡のついた黒いドレッサーだ。
よく見ればシミや傷があるが、黒い漆塗りは光沢があり美しかった。

女性は欲しがりそうなものだ。

それが、他の不用品の中に埋もれるように残っていた。

社長に尋ねたところ、店主は黒いドレッサーを見て、最初は気に入って買うつもりだったようだが、他の家具を査定している最中に、突然黒いドレッサーは持ち帰ってくれと言ってきたのだそうだ。

理由は聞いても教えてはくれなかった。

けれど、すぐに卸し先が見つかるだろうからと、しばらく倉庫に置いておくことにした。


そういえば、黒いドレッサーの検品をした時、六つある抽斗《ひきだし》の一つに鍵がかかっていて、その鍵が見当たらずに開かなかった。

社長が何とかすると言っていたが、結局開ける事が出来ずにそれが原因で断られたのかもしれない。

こんなにも形も色も美しいドレッサーだというのに、買い手がつかないなんて勿体ないな。そう思いながら、俺は黒いドレッサーから離れた。

その日、引き取って来た不用品が予想以上に多く、倉庫整理に随分と時間がかかってしまった。

時計を見ると、すでに夜の十時を超えていた。

そろそろ切り上げて、続きは明日にしようか、と思った時、不意に誰かの視線を感じた。

振り向き、辺りを見回したが誰もいない。

後輩の野田は用事があるからと先に帰ってしまったし、他の従業員やアルバイトも時間で帰ってしまった。

社長は、自室で売り上げチェックをしている頃だろう。

だから、倉庫にいるのは俺だけのはずだ。

それなのに、さっきから妙な視線を感じる。

視線の先にあるのは、ただの黒いドレッサーだけだ。


近づくと、丸い鏡に作業着姿の俺が映る。

鏡に自分が映るのは当たり前だが、どうも気になって仕方がない。

まるで鏡に取り込まれるような、そんな威圧感を感じる。

ただ、丸い鏡にはカバーはついていないし、ひっくり返す事も出来ないようだ。

仕方なく、俺はそばに置いてあった布を鏡にかぶせて作業を再開した。

これで妙な視線を感じる事はないだろう。

そう思っていたが、少ししてまた妙な視線を感じた。

振り返ると、黒いドレッサーの鏡にかぶせた布が床に落ち、鏡があらわになっていた。

風で落ちたのだろうか。

そう思いながら、床に落ちた布を拾おうとした時、俺の後ろを鏡越しに誰か通り過ぎたのが見えた。

振り返っても誰もおらず、一瞬見えたその人影は髪の長い女に見えた。

だが、ここで働く人間はみんな男だし、髪の長い奴もいない。

気のせいだと思いながらも、疲れのせいか気分が悪くなり、その日は仕事を切り上げて帰った。

翌日、依頼された家での不用品回収が終わり、会社の倉庫に回収品を運び込んでいると、野田が炊飯器を持ったまま黒いドレッサーをじっと見つめて立っていた。

「何してるんだ？」

俺の声に野田はビクリと肩を震わせ、こちらを向いた。

「いや、何か、鏡の中から女の人がこっちを見てたような気がして」

困惑した様子で、野田は言った。

きっと、俺が見た女と同じだろう。

気味が悪いからと野田も鏡に布をかぶせたが、やはり少し目を離した隙に布は床に落ちていた。

「風で落ちるのかもな」

俺がそう言うと、野田は厚い布をわざわざ見つけだし鏡にかぶせたが、結果は同じだった。

その夜の事。

別の部屋でデータ入力をしていた俺は、仕事が終わり帰ろうとした。

社長に挨拶を済ませると、野田がまだ倉庫で作業をしているから上がるように伝えてくれと頼まれ、俺は倉庫に向かった。

倉庫では、野田が分別作業をしているはずだ。

「おーい、野田。そろそろ」

言いかけた言葉を、俺は飲み込んだ。

他に誰もいない倉庫の中で、野田は何故か黒いドレッサーの椅子に座り、鏡をじっと見つめていた。

よく見れば、野田の体が小刻みに動いている。

「野田。もう上がっていいぞ」

俺の声が聞こえていないのか、野田は反応しない。
正直、俺はあの鏡を見たくない。
だから、なるべく鏡を見ないように野田に近づいた。

「おい、野田。聞こえてるのか？」

ようやく野田がこちらの声に気づいたのか、ゆっくりとこちらを向いた。
けれど、それはいつもの野田ではなかった。

「どう？　素敵かしら」

俺にそう問いかける野田の唇は、口紅を塗ったように真っ赤に染まっていた。
野田は化粧をする男ではないし、声も言葉使いもまるで別人だった。
俺が唖然としていると、野田は真っ赤な唇で微笑んだ。

その時、俺は気づいた。

野田の両手が真っ赤に染まり、右の太ももにはガラスの破片が突き刺さっている。

椅子でよく見えなかったが、野田の足元には血だまりが出来ていた。

だが、野田は平然と俺の方を見て、再び「どう？　素敵かしら」と問いかけて来た。

「そんなわけないだろ！　何やってるんだよ、お前」

俺は咄嗟に、そう叫んでしまった。

すると、野田は糸が切れたようにガクリと頭を垂らした。

「どうして素敵だと言ってくれないの……」

そう言って野田は顔を上げると、鏡を見ながらブツブツと何かを呟きはじめた。

微かに聞こえるのは「アカ」という言葉だった。

鏡に映っていたのは野田ではなく、明らかに髪の長い女の姿だった。

「アカガタリナイ!!」

そう叫びながら、髪の長い女は野田の太ももに刺さったガラスの破片を抜くと、何度も何度も同じ場所を刺した。

足元に広がる血だまりが、さらに大きくなっていく。

「やめろ!!」

俺は叫びながら野田を止めようとしたが、力負けしてしまいガラスの破片で腕を切られた。

痛みで顔が歪み、野田を掴んでいた手を離した。

すると、野田は動きを止め、手に持っていたガラスの破片を床に落とした。

ドクドクと太ももから流れ出る血を両手にベットリとつけると、不敵な笑みを浮かべた。
そして、両手に付いた血を顔に塗りたぐり、鏡を見ながら「素敵な赤」と微笑むと、そのまま気絶をして倒れた。

すぐに救急車を呼び、野田は病院に運ばれた。
出血多量で危険な状態だったが、何とか一命を取り留めた。
俺は、腕を数針縫う程度で済んだ。

あの黒いドレッサーは呪われている。

野田の一件を聞いた従業員やアルバイトは、呪いに怯え何人も辞めていった。
社長に黒いドレッサーの解体をすすめた。
高いアンティーク品だからか、社長はなかなか首を縦には振らなかった。

だが、入院した野田の様子を見て渋々了承した。

野田は入院先の病院で一言も話さず、ただただ天井をじっと見つめているという。
食事も口にせず、鏡を極端に恐れるようになったそうだ。

俺は解体用の斧を持ち、倉庫の隅にある黒いドレッサーの前に立った。
どうにか鏡だけでも切り離したく、俺は鏡に映らないように斧を大きく振りかぶり、
鏡を支える柱に向かって、思い切り斧を振り下ろした。
音を立て、斧の刃が黒いドレッサーにめり込んだ瞬間、

「ぎゃあああああああああああああああ」

という甲高い悲鳴が響き渡った。
あまりの声に俺は耳を塞いだが、軽い脳震とうを起こし視界が歪んだ。
俺は斧を手放した。

……これ以上傷つけたらヤバいと感じたから。

ふと鏡の下にある抽斗が、少し開いている事に気付いた。
さっきの衝撃で動いたのだろうか。
少し開いた抽斗を引っ張ると、そこには小さな鍵が入っていた。
前に見た時は、何も入っていなかったはずなのに。

俺は小さな鍵を手に取った。
そして、鍵がかかった抽斗の鍵穴に、小さな鍵を差しこんだ。
小さな鍵はぴったりとはまった。

一体、何が入っているのか。
不安にかられながらも鍵を回すと、ロックが外れる音がした。

抽斗を開けると、そこには大量の長い髪の毛と歪な爪の欠片が入っていた。
俺は思わず声を上げ、仰け反った。

だが、大量の髪の毛の隙間から、何か紙切れのようなものが見えた。
俺は長い髪の毛を振り払いながら、その紙切れを取り出した。

それは、セピア色の古い写真。
着飾った女は椅子に腰かけ、男は正装姿で女の肩に手を乗せていた。
何処かの写真館で撮ったのだろうと思う。

その写真の女は鏡に映る女に良く似ていた。
唇はセピア色でよくわからないが、濃い口紅を塗っているようだった。

俺は写真をそっと抽斗に戻し、また鍵をかけた。
社長には事情を伝え、解体できなかった事を謝った。

その翌日だった。

倉庫へ行ってみると、あの黒いドレッサーは無くなっていた。

社長に尋ねると、朝一でとあるリサイクル店に半ば強引に格安で売ったそうだ。

曰くは告げずに。

そんな社長の手の平には、刃物で切ったような跡が残っていた。

その後、あの女や黒いドレッサーがどうなったかは知らないが、俺は正直ホッとしている。

エブリスタ

国内最大級の小説投稿サイト。

小説を書きたい人と読みたい人が出会うプラットフォームとして、これまでに200万点以上の作品を配信する。

大手出版社との協業による文学賞開催など、ジャンルを問わず多くの新人作家発掘・プロデュースを行っている。

http://estar.jp

怪談供養 晦日がたり

2018年12月28日　初版第1刷発行

編　エブリスタ
カバー　橋元浩明（sowhat.Inc）
発行人　後藤明信
発行所　株式会社　竹書房
〒102-0072　東京都千代田区飯田橋2-7-3
電話03-3264-1576（代表）
電話03-3234-6208（編集）
http://www.takeshobo.co.jp
印刷所　中央精版印刷株式会社

定価はカバーに表示しています。

落丁・乱丁本は当社までお問い合わせ下さい。


ISBN978-4-8019-1701-9 C0193